베개는 필요 없어, 네가 있으니까

봉현

사랑했던 사람을 생각하며 쓴 솔직한 고백이며,
지난 기억이라는 것이 그렇듯 당신의 기억과는 다를 수 있습니다.
진실이든 아니든 그건 중요하지 않아요.

누구든, 어떤 연애든, 세상이 뭐라고 단정짓든
모든 사랑에는 각자의 진심이 숨어 있다고 생각합니다.
그러니까 괜찮아요. 우리가 사랑했음은 분명하니까요.

사랑했고, 사랑하는 이들에게 바칩니다.

프롤로그

여행중, 연애중

연애할 때의 나와 여행할 때의 나는 아주 예쁘다. 생김새가 아니라 표정, 몸짓, 말투…… 그 모든 것에서 빛이 나는 것처럼 나를 둘러싼 공기가 달라진다. 기간이 길든 짧든, 늘 누군가를 만나 연애를 했다. 내가 특출나게 예쁘거나 잘난 건 아니다. 온갖 남자들에게 대시를 받을 만큼 인기가 많은 것은 더더욱 아니다. 하지만 늘 남자친구가 있거나 누군가와 연애 가능성이 있었다. 억지로 인연을 찾을 필요는 없었다. 매력적인 사람은 늘 존재했고 나는 마음을 닫아두지 않았으니까.

오랜만에 연락을 해온 누군가가 "웬일로 한국에 있어? 너는 왠지 늘 여행중일 것 같아"라고 말했다. 나라는 인간은 한평생 떠돌며 살 것처럼 보이는 걸까. 이십대 중반, 취직도 하지 않고 오지 구석구석을 방황하고 있는 내게 누군가가 그랬다. 그렇게 놀기만 하면 나중에 후회한다고. 연애도 그랬다. 그만큼 했으면 됐다고, 이제 그만 정착하라고. 다 한때뿐이라 했다. 연애도 여행도 현실이 아닌 마치 책이나 영화 속에 존재하는 판타지거나 잠깐의 유희 같은 것으로 여겨졌다. 여행을 일상처럼 하고, 즐기면서 연애를 하면 안 되는 걸까? 돈만 쓰고 자격증 하나 얻을 수 없는 여행은 젊은 날의 유흥이기만 한 걸까? 결혼하지 않고 헤어진 남자와의 연애는 그저 지나간 과거로 남아버리는 걸까? 연애도 여행도, 언젠가는 끝을 내야만 하는 걸까.

나는 지나온 모든 여행을, 연애를 단 한 번도 가벼운 마음으로 한 적이 없다. 여행은 내게 많은 것을 알려주었다. 히말라야 산중턱에서 끔찍한 추위에 떨었을 때, 그토록 절실하게 따뜻한 밥과 이불을 원해본 적이 없다. 스리랑카에서 뎅기열에 걸려 토하고 쓰러지기를 반복하면서 건강이 정말 소중하다는 걸 깨달았다. 새로운 환경에서 닥친 예상치 못한 문제들을 이겨내는 법, 낯선 곳에서의 두려움을 특별한 추억으로 바꿔주었던 용기, 우연히 만난 인연들의 끈, 혼자인 나를 위로하는 법……. 나는 그 모든 것들을 여행에서 배웠다. 살아가는 데 중요한 많은 것들을 여행을 통해서 배웠다.

사랑도, 연애도 그랬다. 스무 살의 나는 사랑을 몰랐고 남자를 몰랐다. 무엇보다 나를 몰랐다. 그래서 연애가 너무 어려웠다. 한없이 수줍은 나를 덥석 껴안던 한 사람의 손길도, 내 머릿속을 새하얗게 만들 만큼 나를 모욕했던 누군가의 분노와 폭언도, 그게 무엇이 되었건 닥치는 순간마다 어찌할 바를 몰랐다. 사랑도, 연애도 잘하고 싶어서 최선을 다했지만, 노력하면 할수록 복잡하고 어려워지기만 하는 게 연애였다. 그 과정에 수많은 실패와 실수가 있었다. 이불을 걷어찰 만큼 부끄러운 기억과 수치스러운 비밀들을 가득 안고, 나이를 먹었다.

하지만 그것이 내 사랑의 전부는 아니었다. 눈이 펑펑 오는 거리를 그에게 의지해 천천히 걷다가, 이 손을 영원히 놓지 않고 싶다는 생각에 몰래 울었다. 그의 얼굴을 찬찬히 들여다보다가 이대로 시간이 멈췄으면 좋겠다고 생각했었다. 연애는 따뜻했고, 아름답고, 행복했다. 이별 후에는 나 홀로 덩그러니 남겨진 공허와 허무도 경험해야 했지만, 그것들을 이겨내는 방법도 배웠다. 좋은 만남을 위해, 나를 좋은 사람으로 만들려고 열심히 살았다. 의미 없는 시간은 없었다.

나를 성장시킨 건 그때의 실패들이었다. 과거에 많은 만남과 헤어짐을 겪었기에, 지금 조금 더 나은 연애를 하고 있다. 사랑이 존재하기는 하는지 의심했던 스물한 살 때와는 달리, 서른한 살의 나는 사랑을 믿는다. 그래서 나는, 나를 위한 사랑 이야기를 쓰기로 했다.

삶을 풍요롭게 하는 것이 무엇인지 이제는 안다. 여행은 일상을 돌아보게 하고, 연애는 순간을 아름답게 만든다. 모든 여행이 떠나고 돌아옴의 반복이었지만 그 어떤 여행도 무엇 하나 같지 않았다. 모든 연애도, 사랑도, 같은 이름을 하고 있어도 저마다 다른 색이었다. 그래서 나는 또 떠나고, 또다시 사랑하는 것이 아닐까. 나는 나답게 살아가는 중이다. 여행하고 사랑하고, 연애하면서.

목차

사랑, 하나

연애, 하나

사랑, 둘

연애, 둘

사랑, 셋

나, 하나

에필로그

사랑, 하나 /

/ 너를 사랑했던 바라나시에서의 일주일

/

인도의 북쪽, 티베트 사람들이 살고 있는 마날리에서 지난 여정의 피로를 풀기 위해 멍하니 시간을 보내고 있을 때였다. 한국 여행자들에게 유명한 지역이라 꽤 많은 한국 사람들을 만났었다. Y는 그들 중 한 명이었고, 첫인상은 조용하고 소심해 보였다. 인도로 여행 온 대부분의 남자들이 그렇듯 그도 어울리지 않는 수염을 잔뜩 기르고 있었다. 거기에 더해 안경을 썼었다는 것 정도만 기억한다. 나는 다시 마날리를 떠나, 바라나시로 갔다. 별일 없이 시간이 흘렀고 사흘째 되던 날 오후, 굴다리 옆 골목을 지나갈 때였다. 등뒤에서 누군가가 한국말로 인사를 건넸다.

"누나, 안녕하세요."

한국 사람은 널렸다 싶을 만큼 자주 볼 수 있는 바라나시이지만 나를 이미 알고 있는 것 같은 말투에 뒤를 돌아봤다. 커다란 배낭을 멘 Y가 있었다. 그를 그렇게 바라나시에서 다시 만났다.

방금 도착했다는 너는 내가 묵는 숙소의 아래층에 방을 잡았고, 우리는 같이 저녁밥을 먹었다. 다음날 당연한 듯 다시 만나 같이 식사를 하고, 원래 약속이나 했던 것처럼 함께 길을 걸었다. 새벽까지 숙소 옥상에서 갠지스강을 바라봤다. 나는 나의 지난 여행을 들려줬고 너는 호기심 어린 눈으로 내 이야기를 들었다. 다음날 우리는 또 점심을 먹고, 저녁을 먹고, 블루라씨를 마시고, 새벽 옥상에서 이야기를 나누고, 닷새 되는 날 키스를 했다. "수염 안 어울려"라는 내 말 한마디에 너는 다음날 아침 깨끗한 얼굴로 나타났다. 아직은 어리고 말간 얼굴에 어울리는 수줍은 미소가 이제야 눈에 들어왔다.

이제는 네가 많은 이야기를 했다. 나는 턱을 괴고 너의 이야기를 들었다. 너의 눈은 크고 진하고 반짝였다. 옥상에서 흥얼흥얼 노래를 부르는 나에게 "누나, 좋아해요"라고 너는 말했다. 알고 있다는 내 대답에 너의 눈이 다시 한번 반짝거렸다. 그때 나를 바라보던 너의 눈빛이 여전히 선명하게 기억난다.

너는 키가 컸고 손이 뜨거웠다. 뜨거운 손만큼 너의 품도 열기가 가득했다. 너를 안으면 진한 땀냄새가 났다. 바라나시는 아주 더웠다. 천장에서 삐그덕거리며 돌아가는 선풍기 바람에도 식지 않는 땀을 손으로 닦아내며 생각했다. 땀냄새가 좋다는 게 이런 거구나.

나는 스물다섯이 되던 해에 무작정 서울을 떠났었다. 연애는커녕 사람들과의 관계도 서툴렀던 나는 모든 것을 새로 시작하고 싶은 마음에, 그럴 수 있으리라는 기대로 도망쳤었다. 다시는 한국으로, 서울로 돌아가지 않을 참이었다. 하지만 수많은 곳을 방황하듯 돌아다니면서 깨달은 것은, 어디에 있든 외로움은 고스란히 내 몫이라는 것이었다. 혼자 견뎌내야 할 일들은 도망친다고 피할 수 있는 것들이 아니었다. 결국 맨몸으로 맞부딪쳤다. 내가 어떤 사람인지, 어떻게 누군가를 사랑할 수 있는지를 끊임없이 고민했다. 결국 어쩔 수 없는 외로움을 받아들이기까지, 막막한 마음을 내려놓기까지 2년이라는 시간이 걸렸다.

그 여행 끝자락에서 만난 것이 너였다. 거친 외양과 달리 나에겐 한없이 착한 사람. 인도부터 태국까지 너와 같이 여러 나라를 여행했다. 흔히들 꿈꾸는 영화 같은 일이 너무도 당연한 듯 일어났다. 꿈같이 로맨틱한 여행의 순간, 그 모든 순간에 네가 있었다.

/ 젖은 이불을 안고
/

시원한 에어컨 바람을 쐬러 들어간 태국의 맥도날드는 한산했다. 1층 창가 자리에 앉아 하얀색 콘 아이스크림을 핥아먹는 나를 그는 빤히 쳐다봤다.

"머리 많이 길었네."

더운 날씨에도 나는 머리를 길게 풀었다. 그 모습이 예뻤는지 Y는 계속 내 머리를 어루만졌다.

길가에 늘어선 가판대의 옷들을 구경하다 보라색 티셔츠와 회색 티셔츠를 하나씩 샀다. 인도에서 산 늘어난 낡은 셔츠를 입고 있던 그는 그 자리에서 윗옷을 벗어버리고, 새 옷으로 갈아입었다. 티셔츠 위로 단단한 근육이 살짝 드러났다. 잘 어울렸다. 목걸이도 골랐다. 똑같은 것으로 두 개를 사서 각자의 목에 걸었다. 검은색 끈에 별 모양의 장식이 달린 것이었고 싸구려였다. 그는 자신의 가슴께로 쏙 안긴 나의 어깨를 끌어안고 머리 위에, 이마에, 손등에 연신 입을 맞췄다. 우리는 잘 어울리는 커플이었다.

여름의 태국은 지독히도 더웠다. 여행자는 별로 없었다. 우리는 여행자 거리 중간쯤의 골목에 숨겨진 저렴한 숙소에서 지냈다. 숙소 앞에는 백인들이 술병을 들고 어슬렁거리거나 가슴에 뽕을 넣고 긴 속눈썹을 붙인 남자 언니들이 춤을 추곤 했다. 보통의 태국 남자들은 키도 덩치도 작은 편이었다. 그들과는 달리 키도 크고 덩치도 컸던 Y가 지나가면 현지 여자들이 힐끔힐끔 쳐다봤다. 그 품에 쏙 안긴 자그마한 나를 바라보는 시선에는 질투가 어렸던 것도 같다. 괜스레 나는 그의 품으로 더 파고들었다. 30도를 웃도는 더운 날씨에 찰싹 붙어 있다보니 옷은 늘 땀으로 흠뻑 젖었다.

숙소는 딱 가격만큼이었다. 샤워실은 작았고 욕조도 없었으며, 당연히 에어컨도 없었다. 창문이 하나 있었을 뿐 천장에 선풍기만이 뱅글뱅글 돌아갔다. 그래도 그늘진 방이라 햇빛이 쨍쨍한 바깥보다는 서늘한 편이었다. 낮에는 밖에 나가지 않고 숙소에만 있었다. 우리는 옷을 벗었다. 그래도 계속 땀이 났다.

창문 틈으로 웅성거리는 사람들 소리와 익숙한 팝송이 들려왔다. 방 안에는 우리의 숨소리뿐이었다. 나는 그를 등지고 침대 왼쪽에 누웠고 그는 나를 뒤에서 안아 누웠다.

"배고파."
"나갈까?"
"아니. 밖에 더워."

그런 시시콜콜한 말들을 주고받았다. 먹은 게 없어 배가 홀쭉했다. 하지만 여전히 아랫배는 말랑하고 도톰했다. Y의 장난스러운 손길에 나는 깔깔거리며 배를 감쌌다. 가슴에서 아랫배로 그의 손이 계속 내려왔다. 점점 얼굴이 붉어졌다. 목뒤로 그의 입술이 닿았고 점점 바깥 소리가 흐려졌다. 귓가에 머문 그의 숨이 내 숨과 겹쳐졌다. 뜨거운 손이 깊게 닿자 전기가 오른 듯 몸이 부르르 떨렸다. 뒤돌아 네게 키스했다. 너를 깊게 안았다. 어느새 그의 목덜미도 땀으로 젖어 있었다. 얼굴도 가슴도, 심장박동 소리도 더 가까워졌다. 단단한 어깨 너머로 허공을 바라보며, 배를 맞대고 당신을 안았다. 위로 올려다본 그의 얼굴은 열이 올라 볼이 빨갰다. 그의 목걸이가 내 머리 위로 흔들렸다. 선풍기 바람은 하나도 시원하지 않았고 방 안은 뜨겁고 습했다. 하얀 이불이 구겨지고 침대가 흠뻑 젖었다. 그의 땀이 좋았다. 습기와 열기가 더해진 그 어지러운 공기가, 끈적이는 감촉이 좋았다. 그가 나를 내려다보는 시선이, 나를 뜨겁게 바라보는 그 눈빛이 더 좋았다.

나는 이불을 몸에 돌돌 감은 채로 땀을 닦아내려 했다. 그러나 이미 다 젖어버린 이불은 몸에 더 달라붙을 뿐이었다. 그렇게 몇 번을 안고, 몇 번을 잠들고. 해가 질 때가 되어서야 일어나 옷을 입었다. 밖으로 나가 시원하고 달달한 봉지 커피를 마셨다. 밖에서도 너는 나를 품에 꼭 안고 다녔다. 그의 어깨와 가슴은 뜨거웠지만 태국의 밤바람은 시원했다. 덜 마른 내 머리카락이 그의 어깨 위로 바람에 날렸다. 내 샴푸 냄새와 그의 땀냄새가 겹쳐졌다.

"이불 갈아야겠다."

밤바람에 그의 목소리가 얇게 귓가를 스쳤다. 놔두고 온 침대 위에는 우리의 흔적과 태국의 밤공기가 뒤섞이고 있을 터였다. 기분좋게 서늘한 밤바람을 들이마시며 생각했다. 이불은 그대로 놔두어도 괜찮겠다고.

/ 낯선 방, 빨랫줄에 걸린 낡은 팬티
/

"청순한 흰색이 좋아? 섹시한 검은색이 좋아?"
"뭐든 상관없어."

상관없다는 Y의 대답. 그게 뭘 입어도 예쁘다는 말이었는지, 아니면 어차피 벗길 것이니 상관없다는 말이었는지는 알 수 없었다. 그렇게 말하는 그의 뒤로, 어설프게 걸어둔 빨랫줄에는 낡고 바랜 베이지색 팬티와 하늘색 트렁크스 팬티가 널려 있었다. 여행중에는 대부분 손빨래를 해야 했고 속옷은 매일매일 빨아 널어두어야 했으므로, 우리의 방 빨랫줄에는 늘 오랜 여행으로 낡은 속옷이 걸려 있었다.

그에게는 아무것도 부끄럽지 않았다. 속옷이 예쁘고 아니고는 중요하지 않았다. 빨래에서 나는 싸구려 비누 냄새가 좋았다. 그때 우리의 여행은 서로에게도 자기 자신에게도, 그 무엇 하나 덧대어진 게 없었다. 알몸으로 누워 열어둔 창문으로 불어오는 바람을 느끼고, 뒹굴거리며 책을 읽다가 스르륵 잠이 드는, 그런 여행이었다. 애쓰지 않고, 신경쓰지 않아도 자연스러운, 그런 날들.

빨랫줄에 걸려 바람결에 천천히 춤을 추는 우리들의 빛바랜 속옷을 보며 생각했다. 여행이 끝나고 한국으로 돌아가면 커플 속옷을 사야겠다고. 그의 손을 잡고 속옷 가게에 들어가 서로 좋아하는 색깔의 속옷을 함께 골라야겠다고. 그와 나에게 가장 편안한 것으로.

/ 우리 둘만의 세상

/

숙소를 나서는데 더럽고 작은 강아지가 나타나
너의 발치에 다가와 얼굴을 비볐고
너는 강아지를 안아들고 짓궂은 장난을 쳤어.
나는 강아지에게 괜히 질투가 나서
얼른 가자며, 옷깃을 잡아끌었어.

낮은 늘 뜨거웠고 길에는 모르는 사람들뿐.
여러 번 방문한 카페였지만 늘 다른 과일주스를 주문했고
옆자리에 앉은 사람들은 매번 바뀌었어.

저멀리에서 어제 만났던 일본인 커플이 인사를 건네더라.
그들도 우리처럼 오른손을 맞잡고, 왼손에는 빵이 든 비닐을

들고 있었지.

그 빵 맛없어, 하는 우리의 놀림에 일본인 친구들은 에— 하고 한탄했어.

바람이 불면 몇백 년 된 큰 나무에서 잎사귀가 우수수 떨어졌는데

그 순간엔 앞이 아니라 위를 보게 돼.

하늘은 파랬고, 그만큼 멀게 느껴져서 난 가끔 울었어.

그런 나를 보며 너는 괜찮다는 듯 웃어 보였지.

때로 너를 보면서

왜 이 사람과 같이 있는 걸까 하고 생각했어.

어제오늘 만났을 뿐인 일본인 친구들과 똑같이

너도 내겐 낯선 사람이었으니까.

그런 낯선 너와, 나는 입을 맞추고 손을 잡고

가슴을 맞대고 다리를 엉긴 채

하루종일 침대 위에서 뒹굴거렸지.

창문 사이로 찾아오는 이름 모를 새가 우리를 훔쳐봤지만

부끄러움도 없이 발가벗은 모습을 모두 보여주었어.

평소보다 늦었던 밤,
한가롭게 풀을 뜯던 소들의 눈빛이 변해 있었고
나는 너의 뒤로 숨어서 얼른 집에 가자, 그렇게 말했지.
우리에게는 집이 있었어.
하루에 만 원도 안 되는 돈으로 빌린 가난한 집.
집이라고 하기엔 방 하나에 침대와 수돗가, 그것뿐이었던
우리 둘만의 집.

몇 번을 이사했지만 똑같았어.
싸고, 허름하고, 가진 것 없는 우리에게 적합한.
하지만 좋았어. 둘이 자기에는 충분했으니까.
침대 위 이불은 구겨져 있고 읽다 만 책은 며칠째 엎어져 있고
빵 부스러기가 떨어진 바닥에서는 도마뱀을 키웠어.
베개는 쓰지 않았어, 너의 팔이 있었으니까.
서울에서 살 때는 상상조차 할 수 없었던 것들이야.

우리가 머무는 옥탑방 너머로는 히말라야산이 보였고
햇빛이 뜨겁든, 비가 오든, 눈이 오든,
오래전에 얼어버린 눈은 그대로였어.
너는 검게 그을린 몸을 그대로 내놓고 옥상에 나가
저멀리 반짝이는 설산을 향해서

음정도 박자도 맞지 않는 추억의 가요를 불렀지.
나는 그 노래를 들으면서 찬물로 몸을 씻고
다 젖은 머리카락으로 물을 뚝뚝 흘리면서
뒤에서 너를 꽉 안았어.
너의 땀과 나의 물기가 섞였지만 금세 증발했고
다시 찬물에 몸을 식혀야 했어.

히말라야 트레킹을 해볼까, 몇 번을 말했었지만
결국 어디에도 가지 않았어.

우리가 나눈 대화는
모두 지나간 것들.
바라나시에서 마셨던 바나나 라씨,
골목에 흘러다니던 눈이 보이지 않는 개,
갠지스강에 떠오르던 아이의 시체 조각,
잔뜩 쌓여 있는 담배꽁초,
폭풍우가 치던 날 사라져버린 내 속옷,
국경을 넘는 트럭을 향해 소리치던 여인의 비명,
모래사막 저멀리 보이던 한 그루의 나무.
그런 것들.

너는 내게 바라는 것이 없었고
나는 네게 원하는 것이 없었어.
지난 시간을 추억하고 지금을 여행하기에 바빴으니까.

어느 날 네가 나를 옥상으로 급히 부르더니
둘이 찍은 사진이 없다며
나를 덩그러니 한가운데 세워두고
타이머를 맞춰둔 후 내게 달려왔지.
카메라 앞에서 우리는 안았고 키스했고 많이 웃었어.
카메라 앞에서는 웃게 되잖아.

왜인지 모든 게 허무해져서
하루종일 아무 말도 하지 않고 아무것도 먹지 않는 나를 위해
네가 준비한 위로였는지도 몰라.
사진 속의 나는 눈이 퉁퉁 부어 곰 인형 같은 얼굴이었지만
예뻤어, 웃는 모습이.

혼자 긴 여행을 하면서 깨달았던 것이
아무리 열심히 걸어가도
길 끝에는 아무것도 없다는 거였는데
지금은 길 한가운데에 네가 있어.

같이 걷고 있어.
우리는 매일 해가 지는 하늘을 보았지만
한 번도 미래에 대한 이야기는 하지 않았지.
우리에게 주어진 것은 오늘뿐이었고
우리가 해야 할 걱정이라고는
오늘밤 해치워야 할 모기의 수 정도였으니까.

내일은 또 무슨 일이 있을지 모르지만 두렵지 않았어.
막연하게도 나쁘지 않을 거라 믿었거든.
이대로 계속 여행을 하고 싶었어.

이대로 그냥 살고 싶었어.

,

낯선 세상에

우리뿐인 낯선 오늘.

/ 너를 사랑할 수 없는 곳에서

/

한국에 돌아왔다.

2년이라는 시간은 길었지만 결국 끝이 났다.

그를 두고 떠나는 태국 공항에서는 웃으며 안녕 했지만

나 혼자 들어선 인천공항에서는 펑펑 울고 말았다.

버스를 타고 부산에 도착하기까지는 겨우 네 시간 남짓.

열 시간 넘게 이동하는 여행을 수십 번을 했는데도

그 네 시간은 왜 그렇게 견디기 힘들었는지.

버스에서 내린 허름한 내 모습을 보고

엄마는 엉엉 울었고

아빠는 아무 말 없이 짐을 들어주었다.

이제는 내 방이 없는 내 집에서
배낭도 풀지 않은 채
옷방에서 문을 잠그고 하루종일 잠을 잤다.

새벽에 잠에서 깨어보니
낯선 천장 아래 낯선 내가 혼자 누워 있었다.
모든 게 꿈이었나.

너의 말들도, 우리의 이야기도
나의 시간들도.

긴 머리를 풀고 고개를 숙여 머리를 감는데
머리카락이 잔뜩 빠져 하수구로 흘렀다.
나의 세상이 한순간에 모두 바뀌어서
몸부터가 적응하지 못하고 있었다.

엄마가 밥을 차려줬고 아빠가 용돈을 줬다.
몇 년 만에 본 강아지는 많이 늙어 잠만 잤다.
몇 년 만에 만난 친구들은 일에 지쳐 있었다.
내가 들려주는 여행 이야기가 딴 세상 이야기 같다고 했다.
나는 어디서 떠나 어디로 돌아온 것일까.

여행지에서보다 내가 할 수 있는 것이 더 없었고
이제는 이곳이 더 낯설었다.
더이상 이곳은 내게 현실이 아니었다.
여행이 꿈이었던 2년 전과 달리
이곳이 꿈같고 여행이 나의 현실이 되어버렸다.

인정하고 싶지 않은 현실 속에서 헤매는 동안
시간은 갔다. 어김없이.
그리고 네가 돌아왔다.
석 달 만에 만난 너는 다시 낯선 사람이었다.
나를 격하게 반기는 너와 달리 나는 네가 반갑지 않았고
다른 것을 그리워했다. 이제는 어디에도 없는 너를.

너는 그런 내 모습을 보며 초조해했고
나는 자주 화를 냈다.
나의 화는 너를 향한 것이 아니라
이제는 어디에도 없는 나를 향한 것이었다.

아무 잘못이 없는 너를 다그칠 때마다
너는 내게 미안하다는 말만 했고
나는 매번 미안하다며 울었다.

그런 나에게 너는 실망했을 것이고

외로웠을 것이다.

외로웠으니까, 나 또한.

나 또한 내게 실망했으니까.

/ 그때 진실을 말했다면
/

너의 휴대폰을 들여다보았을 때 낯선 여자의 이름이 있었다. 나는 손이 떨리고 머릿속이 새하얘졌다. 자고 있는 Y를 깨워 물었다. 너는 아니라고 했지만 나는 뭐가 아니냐고, 당장 솔직하게 말하라고 했다.

혼란스러웠다.

네가 그렇다고 진실을 말한다면, 나는 너와 헤어질 것인가.

네가 아니라고 거짓말을 한다면, 그렇다면, 헤어지지 않을 것인가.

너의 대답이 중요한 게 아니었는지도 모른다. 그것을 믿느냐 믿지 않느냐는 나의 문제. 네가 바람을 피웠지만, 너와 헤어질 자신이 없을 만큼 너를 사랑했다면, 차라리 아무것도 물어보지 말았어야 했다. 알고도 모른 척했어야 했다. 하지만 그럴 수 없었다. 내가 원하는 대로 네가 말해주기를 바랐다. 아니라고, 정말 아니라고, 오해일 뿐이라고.

그리고 너는 그렇게 말했다.
아니라고.

거짓말이라는 것을 알고 있었다.
하지만 네가 아니라고 했다.
그래서 너와 헤어지지 않았다.

제일 최선을 다해 속여야 할 상대는 바로 나 자신이다. 때로는 모르는 것이 더욱 나을 때가 있다. 솔직하게 말하는 게 좋은 것이 아닐 때가 있다. 나의 모든 것을 보여주지 않는 게 필요한 때가 있다. 사랑한다면 솔직하기, 사랑한다면 상대의 모든 것을 받아들이고 이해하기. 흔히들 그래야 사랑이라고 한다. 사랑은 그런 것이란다.

하지만 그로 인해 더이상 사랑이 아니게 된다면, 어떻게 해야 할까.

여행지에서는 수많은 사기를 당한다. 인도 사람들은 20원에 사 먹는 짜이를 50원을 내야 하거나, 친구라는 말로 호의를 베푼 사람에게서 이유 없는 돈을 요구받기도 한다. 따뜻해 보이는 그 미소 뒤편에, 여행자들을 어떻게 이용해먹을까 고민하는 얼굴이 숨어 있다. 여행지는 거짓투성이다. 여행지에서 만난 현지인들을 멀리서 지켜보면 평화로워 보여도 그 뒤편에는 처절한 삶의 때가 쌓여 있었다. 깨끗한 호텔방의 하얀 침구 아래에는 가난한 이들의 땀이 스며 있고, 그 방에서 누군가는 울고, 싸우고, 피를 흘렸을지도 모르는 일이다. 사람들은 그런 것들에 실망하고 분노한다. 좋은 것만 보고 느끼고 싶어한다. 연애도 마찬가지다. 좋자고 하는 연애라며, 좋은 것만 보고 싶은 방어적인 마음을 갖게 된다. 그렇기에 상대의 치부와 거짓을 깨닫는 순간, 깨져버린다.

그리고 결국 나는 인정했다.
나는 그를 사랑한 적이 없다.

그는 나를 사랑했다. 그가 나를 사랑하듯 나도 그를 사랑해야 한다고 생각했다. 언젠가 정말로, 너를 사랑하게 될지도 모른다 믿었다. 그래서 나도 그에게 거짓말을 했다. 사랑한다고. 당신을 사랑한다고. 하지만 깨달았다. 사랑한다는 거짓말을 함으로써, 나는 끝까지 그를 사랑할 수 없음을. 하지만 사랑하지 않을지언정 그가 소중했다. 그에게 상처를 주고 싶지 않았다. 그래서 나는 그의 거짓말을 받아들였다. 하지만 그것이 결국 서로에게 더 큰 상처가 되었다.

나의 거짓말을 담보로 너의 거짓말을 덮었다. 그것을 알았는지 너는 내게 더욱 잘했고 애정을 쏟았다. 하지만 나는 점점 마음이 식어갔다. 거짓으로 꿰매어진 틈은 계속 벌어졌고, 지난 추억으로 몇 번을 덧대었지만, 한계가 왔다.

그렇게 우리는 끝났다.
더이상 사랑한다 말할 수가 없었다.

,

만약
그때 진실을 말했다면 어땠을까.
나를 사랑하지만 싫어졌다고.
너를 사랑하지 않지만 그 누구보다 소중하다고.
그렇게 말했다면, 우리는 어땠을까.
누가 더 진실로 사랑했던 걸까.

/ 당신의 국경을 넘어
/

수많은 국경을 넘어 다녔다. 길게는 이집트부터 터키까지 연달아 육로로 네 번의 국경을 지났었다. 베트남 국경을 넘어 캄보디아로 갔고, 인도 국경을 넘어 네팔로 갔다. 공항이 아닌 땅을 지나 이동하다보면 때론 국경이라는 것이 참 별것 아닌 것처럼 느껴지기도 한다. 네팔로 넘어가는 국경은 정말 길 위에 경계선 하나 그어놓은 정도였다. 한 발을 더 내디디면 네팔, 한 걸음 뒤로 물러서면 다시 인도. 같은 흙이 뒹구는 바닥인데 다른 나라였다. 국경을 넘을 때는 도장을 찍어준다. 당신은 지금부터 이곳에 있는 것이라며 명확하고 정확하게 확인시켜준다. 한 번 선을 넘으면 다시 선을 넘어 돌아가기 어렵다. 머물 수 있는 기간이 정해져 있고, 그곳의 규칙을 지켜야 한다. 낯선 곳에 적응하기 위해서는 하나씩 배우고 알아가야 한다. 언어와 음식, 생활 방식 같은 것들.

사람을 만나는 일도 그렇다. 누군가를 만나는 것은 하나의 세계를 받아들이는 것. 누군가와 함께하면 나의 세계가 달라진다. 다른 세계가 나의 세계로 들어오는 동시에, 내가 다른 세계로 들어가는 것이다.

너와 함께하기로 한 그 순간부터 우리는 자유롭게 선을 넘어 다녔다. 당신의 세상을 탐험하고 그곳에 머물렀다. 너의 옷을 입고, 너의 칫솔을 빌리고, 너의 침대에 누워 너의 하늘을 함께 바라봤다. 나 외에는 그 누구도 들어올 수 없는 너의 세상. 단 한 사람만을 받아들이기로 약속한 하나의 세상. 그렇게 믿는 그 세상 속에서 나는 너를 알아갔다. 너의 세계는 작았지만 무한했고 새로운 것들로 가득했다. 나 역시 너를 받아들였다. 내 세상엔 오직 너뿐이었다. 오직 너만이 나의 세계를 뒤흔들었다. 너의 세계가 나의 세계를 더욱 아름답게 했다.

생각지도 못한 순간에 깨달았다. 나는 너를 사랑한다. 언제부터 이런 마음이었을까, 어디서부터 너를 사랑했던 걸까. 외로움을 덜어낸 순간부터였을까. 그것도 아니면 매 순간 네가 당연하던 날부터였을까. 너를 안았을 때 내 빈 곳 가득히 네가 차올랐던 그때였을까. 혹은 너의 미소에 두근거리던 심장박동을 애써 참던 때였거나, 네가 우는 모습에 마음이 덜컥 아프던 그 순간이었을까. 걷다보니 국경을 넘어, 방금 전까지와 다른 나라 땅 위에 서 있는 것처럼, 경계도 확인도 없이, 사랑은 이미 시작된 상태였다.

하지만 여행이라는 게, 영원히 한곳에 정착할 수 없는 것처럼 사랑도 그랬다. 상대의 세계에 머물 수 있는 기간이 정해져 있었던 것인지 나는 그곳에 계속 있을 수 없었다. 그렇게 너의 세계에서 내몰려졌다. 경계선 바깥으로 밀려나왔다. 갈 곳을 잃어버렸다.

연애는 끝이 났는데 사랑이 시작되었다. 너의 세계에 있을 때 나는 그것이 사랑인 줄 몰랐다. 너를 사랑하지 않는다고 생각하면서 너의 모든 사랑을 누렸다. 돌아보니 사랑이었다. 이제 와 그곳에 되돌아가고 싶다고, 그렇게 후회했지만 너의 세계는 이미 굳게 닫힌 뒤였다. 두 번 다시는 그곳에 갈 수 없었다. 네 안에서 길들여진 습관과 하루들이 여전히 내 안에 남아 있는데, 모든 것을 지워야 했다. 이제는 내 세계로 돌아가야 하는데, 너에게 머무는 동안 나의 세상은 허물어져 있었다.

아직도 많은 것들이 경계선 너머에 남아 있는데
다시는 그곳에, 단 한 발자국도 갈 수 없었다.

/ 이 땅, 지구 위에서 당연한 것
/

몽골 초원에서 추위에 떨며 새벽 내내 기다리던 태양은 따뜻하다못해 뜨거웠다. 환하다못해 눈이 부셔 바라볼 수조차 없었다. 눈을 감아도, 몸을 웅크려도 피할 수 없는, 온 세포를 일으켜세우는 듯한 태양의 힘. 억만 광년 멀리서도 그토록 밝고 뜨겁기에 이 지구의 모든 생명이 매일매일 다시 태어나는 것이다. 나무는 숨을 쉬고, 물이 흐른다. 바람은 돌고, 흙은 대지를 덮는다. 그 사이 어디쯤에 아주 작디작은, 나라는 존재도 살아가고 있다.

여행지에서도 일상과 별반 다르지 않은 시간을 보낸다. 따뜻한 차 한잔과 등을 기대앉을 의자, 한 평 남짓한 책상이 주어지면 노트와 펜을 꺼내어 일기를 쓰고 그림을 그린다. 책을 읽고 노래를 듣는다. 넓고 푹신한 침대에서 하얀 이불을 덮고 곤히 잠을 잔다. 생명이라는 것을 선물받은 하루가 또 한번 시작되었다. 아침식사를 준비했다. 싸구려 밀가루로 만든 빵을 오븐에 구우면 최고의 맛이 난다. 노란 버터를 바르고, 설탕과 과일로 만든 잼을 발랐다. 계란프라이나 삶은 계란, 오이나 토마토를 올려 한입 베어문다. 따뜻한 블랙커피 한잔을 곁들이면 완벽했다. 늦은 오후가 되어서야 첫 끼를 챙겨먹던 서울의 나와 달리, 여행자인 나는 이른 아침 일어나 따뜻한 음식과 함께 하루를 시작했다.

세상은 넓다. 아직도 가보지 못한 나라가 많고 어떤 도시도, 어떤 마을도 늘 새롭다. 사람도 풍경도 시간도, 그 무엇하나 같은 것이 없다. 하지만 나의 아침식사만은 늘 같았다. 빵과 커피. 그것은 어디에나 있다. 누구나 먹고, 누구나 먹어보았다. 많은 여행자들이 그렇게 아침을 시작한다. 세상이 우리에게 주는 아름다운 것들. 땅에서 나는 곡식과 물, 생물에게 얻을 수 있는 젖과 고기 등 먹을거리들은 아주 소박한 듯 당연하게 느껴진다.

하지만 그런 것들이 당연하지 않다는 것을 깨닫는 순간이 있었다. 인도 북쪽을 여행할 때였다. 눈이 너무 많이 와 산중턱에 갇혀버렸다. 한 겹 텐트 속에서 이틀 동안 오들오들 떨었다. 말린 고기와 차가운 물이 전부였던 그때, 그 무엇보다 빵과 커피가 간절했다. 제발 사람이 사는 마을로 내려가 그런 것들을 먹고 싶었다. 신이시여, 나에게 빵과 커피를! 그런 마음으로 견뎠다. 간신히 마을에 도착해 맛본 싸구려 커피와 빵 한 조각은, 천상의 맛이었다.

그래, 사랑이 당연할 때도 있었다. 그와 손을 잡고 입을 맞추고 노래를 부르는 하루하루가 당연했다. 너무 당연한 것이어서, 그 하루가 계속 이어지고 끊임없이 반복되었을 때, 나는 그것이 존재하는지도 몰랐다. 맛도 즐거움도 알 수 없었다. 어디에서나 먹을 수 있는 빵과 커피처럼 사랑이 그랬다. 사랑이 끝나고 나서야 사랑이 필요했다. 그래서 뒤늦게 소리쳤다.

제발 단 한 번만 더 그 당연한 것을 할 수 있다면.
제발 그 지겹고 지루하던 시간을 다시 가질 수 있다면!

이젠 내게 따뜻한 빵과 아늑한 침대가 있지만 사랑은 없다. 살아가는 데에 필요한 것은 먹을거리와 잠자리만이 아니었다. 결국 사랑이 필요했다. 우리에게 아무것도 필요하지 않던 그 무료한 아침을 떠올린다. 일곱시 반, 알람에 깨어 너와 입을 맞추고, 욕실에 함께 서서 이를 닦고, 너의 티셔츠를 빌려 입고 방을 나섰다. 작고 허름한 식당에 마주앉아 빵을 나누어 먹고, 너는 주스를, 나는 커피를 시켜 나누어 먹었다. 입가에 잔뜩 묻은 잼과 빵 부스러기를 닦아주는 네 손길이, 나는 뭐가 좋아서 헤헤 웃었을까. 티셔츠에 흘린 커피 자국 따위가 뭐라고 투정을 부렸을까. 그때 내 앞에서 네가 환하게 웃고 있었는데.

바보같이 나만 몰랐다. 그 아침의 나는 세상 그 누구보다 행복했다는 걸. 지구가 주는 아름답고 가치 있는 모든 것을 가지고 있었다는 걸.

따뜻한 음식과 차, 그리고 너.

/ 이 세상 어디에도 없는

/

지금에 와서 그날들을 돌아보면, 너는 늘 웃었고 웃겼다. 나를 웃게 하기 위해 네가 웃었다는 것을 나는 서울에 와서 깨달았다. 우린 서로를 너무 몰랐다. 서울의 여름은 더웠고 너는 여전히 땀을 많이 흘렸다. 하지만 땀냄새는 흐렸다. 바라나시의 여름보다 덥지 않았는데도 나는 서울의 여름을 견디기가 어려웠다. 함께한 열번째 계절이 왔을 때, 우리는 떠났다. 나는 제주도로, 너는 다시 인도로. 가끔 네게 연락이 왔다.

— 잘 지내죠?

너는 슬픈 이야기를 웃으면서 했다. 나는 가끔 제주도의 골목길을 혼자 걸으며 엉엉 울었다. 네가 보고 싶어서였는지 외로워서였는지는 모르겠다. 너와 함께한 날들이 길고 많았는데, 너를 떠올리면 겨우 일주일뿐이었던 바라나시의 기억만이 떠오른다. 다시 인도에 가면, 그때의 너를 만날 수 있을까. 혹시 너도, 네가 사랑했던 바라나시의 그 여자가 그리워 다시 인도로 간 것일까. 그런 부질없는 생각들이 바람결에 흩어져갔다.

하지만 알고 있다.
바라나시의 내가 지금 없듯,
그때의 너는 이 세상 어디에도 없다.

,

당신과 함께여서 세상의 잔인함을 잊을 수 있다면
당신을 사랑할 이유는 충분하다.

그러나 세상 그 무엇보다 더 잔인한 것이 당신이 된다면
나 또한 세상의 일부가 되어 당신에게 상처 주어야 할까.

연애, 하나 /

/ 최악의 남자가 남기고 간 것

/

겉으로 보기에는 번듯하고 괜찮은 남자였다. 3개월 이상 연애를 해본 적이 없다는 그의 이야기를 들었을 때 이상하다는 생각에서 그치지 않고 의심해봤어야 했다. 나도 그에게 두 달 만에 헤어짐을 통보했다. 행복에 벅차 시작한 연애가 아니라 괜찮은 사람이라는 생각만으로 시작된 연애였다. 일주일 후 그에게 연락이 왔고 다시 만나자고 했다. 처음 연애를 받아들인 나의 책임도 있었기에 그래도 다시 한번 잘 지내봐야지 하는 생각으로 그를 다시 만났다.

그게 문제였다. 그때 끝냈다면 내 인생 최악의 연애는 없었을 것이다. 미묘하게 느꼈던 오만과 자만은 단순한 문제가 아니었다. 그는 내게 늘 웃으라고 했다. 내가 울거나 화내는 모습을 싫어했다. 우울과 슬픔 같은 이면을 외면했다. 나는 그에게 손안의 꽃이었다. 살랑이는 원피스를 입고 살랑살랑 미소 지어주는 예쁜 인형 같은 존재였다. 서운해하거나 투정부려도 안 되고 지치거나 게을러서도 안 됐다. 그럴 때마다 왜 그렇게 약해빠졌냐며 꾸짖었다. 오늘 힘들었다는 내게 뭘 했다고 힘드냐고, 고생을 안 해봐서 그렇다며 비웃었다. 건강한 음식만 먹어야 했고 날씬해야 했다. 그 흔한 파스타, 치킨 한번 같이 먹을 수 없었다. 조금만 살이 쪄도 운동을 많이 안 해서 그렇다고 했다. 단것을 먹으면 그런 걸 왜 먹는지 모르겠다며 한심한 눈빛으로 쳐다봤다. 그의 관념과 일상에 나를 맞춰야 했다. 밤늦게까지 글을 쓰고 아침에 쉬는 내 일상은 게으름이 되었고 좋아하는 옷가지와 액세서리는 모두 사치품이 되었다. 나의 자존감은 자꾸만 낮아졌다.

한계가 왔다. 더더욱 오만해지는 그에게 조심스럽게 꺼낸 대화는 모욕이 되어 돌아왔다. 그가 말했다. 너 따위가 '감히' 나에게 그런 말을 하냐고. 그때 깨달았다. 지난 시간이 쓰잘데기 없는 것이었음을. 내가 왜 이런 사람을 만나왔던 거지. 헤어지자고 말하고 전화를 끊었다. 머릿속이 투명해지고 속이 시원해졌다. 아, 끝났다. 해방되었다! 모든 게 끝났다! 연애가 끝나고 이토록 후련했던 적이 없었다.

운이 좋았던 건지, 이전의 연인은 좋은 사람이었다. 나를 있는 그대로 대해주었고 나도 그랬다. 타인에게 보여줄 수 없었던 나약한 부분들을 드러내며 서로를 다독였었다. 그런 시간들이 믿음과 안정을 쌓게 했었다. 하지만 이 남자는 단 한 번도 나를 위로한 적이 없다. 서운함에 눈물을 흘리는 내게 싸늘한 시선만 보냈었다. 그리고 그는 내게 단 한 번도 약한 모습을 보여주지 않았다. 반듯하고 좋은 모습만 보여주어야 하는 연애는 숨이 막혔다. 나는 그런 사람이 아닌데 그런 사람이 되어야 한다는 압박은 고통스러웠다. 웃어도 웃는 게 아니었다. 겉으로 보기에 그 남자와 나는 화기애애한 커플이었을지 모르지만, 나는 그 연애에서 좋았던 추억이 하나도 없다. 생각하면 시간과 감정만 낭비했다는 허무함만이 몰려왔다.

아이러니하게도 해방감과 보상감에 이후의 몇 달을 아주 행복하게 보낼 수 있었다. 다시 늦잠을 잤고 밤늦게 원고를 썼다. 밤공기가 아주 좋았다. 케이크는 아주 달콤했고 매일 커피를 마셨다. 아무 부담없이 친구들과 어울렸다. 자전거를 타고 동네를 돌아다니며 노래를 부르고 그림을 그렸다. 즐거웠다. 끔찍한 연애가 끝나고 나니 나만의 자유가 더욱 풍요로웠다.

내 인생 최악의 남자라 여기던 그 사람은 놀랍게도 몇 달 후에 다시 내게 연락을 해왔다. 그때 자기가 한 말이 너무했음은 인정하지만 그래도 다른 것들은 잘 맞지 않았냐며, 다시 만나자고 했다. 그는 끝까지 나에 대해 아무것도 몰랐던 것이다. 내가 노력했음을, 그가 아무리 쓰레기 같은 행동을 할지언정 나는 연인에게 최선을 다하고 싶었음을. 내가 웃는 모습에 행복해한다면 많이 웃어주고 싶었을 뿐이라는 것을. 그의 정돈된 일상과 건강을 챙기는 노력 같은, 삶의 태도를 존중하고 싶었기에 그의 이야기에 귀기울였음을, 그는 전혀 몰랐다.

최악의 연애였지만, 그래도 남기고 간 것이 있다. 그런 성향의 사람은 나와 맞지 않다는 것을 깨달은 것. 직업이나 생활 패턴, 관심사 등이 많이 다른 사람과의 연애는 아주 큰 변화와 노력이 필요함을 알게 되었다. 나 또한 연인이라는 이유로 내 기준만을 강요하지 않아야겠다고 다짐했다. 사랑하는 이가 약한 모습을 보이면, 그저 이야기를 들어주고 꼭 껴안아주어야겠다고 생각했다.

최악의 연애를 겪고 나면 깨닫는다. 행복했던 지난 연애가 정말 소중한 것이었음을.

최악의 남자를 떠올리면 깨닫는다. 사랑했던 지난 사람이 나를 정말로 소중히 대했음을.

/ 소울메이트와는 잘 수 없었다
/

학과 사람들끼리 모인 우연한 술자리였다. 몇 명을 건너 맞은편에 앉아 있던 그는 내가 말하는 것을 유심히 지켜봤었다. 신나게 웃고 떠들었던 것으로 기억되는 그는, 나중에 말하길 사실 그 자리가 너무너무 지루하고 재미없었다고 했다. 그래서 내가 하는 이야기에 귀기울였고, 내게 관심이 생겼다고. 술자리가 끝나고 사람들은 연락처를 주고받았다. 나는 물어보지 않았다. 그래서 그는 내가 더 궁금해졌다고 했다. 그가 다른 방법으로 연락을 해왔고 같이 밥이나 한번 먹자고 했다.

둘 다 사진 찍는 것을 좋아했다. 필름 카메라에 대한 이야기는 영화 이야기로 넘어갔고 음악, 책 이야기까지 계속됐다. 처음 만난 날부터 대화가 끊임이 없었다. 그다음날 그는 같이 보고 싶은 영화가 있다고 했다. 〈원스〉였다. 사실 그는 그 영화를 두번째 보는 것이었고 그는 내가 이 영화를 무척 좋아할 것이라 믿었다. 그의 예상대로 나는 적잖은 감동을 받았다. 차를 타고 집으로 돌아가는 길에 우리는 한강을 달리며 영화의 OST를 들었다. 계속해서 영화에 대한 이야기를 나눴다. 나는 남자 주인공이 기타를 치며 노래하는 모습이 클로즈업되는 첫 장면부터 눈물이 났다며 흥분해서 이야기했다. 그는 여자 주인공이 피아노를 치면서 울던 장면을 계속 곱씹었다. 그가 마지막 신에서 그녀가 말한 외국어가 어떤 의미인지 알려주었다. 나는 손바닥을 치며 그럴 줄 알았다며 맞장구쳤다.

그는 내 그림을 무척 좋아했다. 내 작업을 진지하게 봐주었고 내 가치관과 생각에 대해서도 공감해주었다. 그는 사진을 찍는 사람이었고 나도 그의 사진이 좋았다. 진심으로 감동하고 인정할 만큼 멋졌다. 우리는 서로 영향을 주고받으며 각자의 작업을 했다. 자주 만나 고민과 생각들을 나누었다. 수많은 피드백이 오고갔고 매번 새로운 것들을 서로에게 추천하며 나누었다. 함께 영화를 보고 사진을 찍고 미술관에 갔다. 취향이 비슷했고 많은 것들이 닮아 있었다. 하고 싶은 것, 보고 싶은 것, 생각하는 것들이 겹쳤다. 그의 사진도, 나의 그림도, 하루가 다르게 변화해가고 있었다. 우리는 서로에게 자극을 받으며 성장해갔다.

그가 나를 사진에 담기 시작했다. 사진 찍히는 것이 어색했던 나는 자꾸 시선을 피했지만 그의 뷰파인더는 끊임없이 나를 향했다. 내 생일날 그가 장미 꽃 한 송이와 책을 선물했다. 『왜 나는 너를 사랑하는가』라는 책이었다. 나는 그의 고백을 거절했다. 그럼에도 불구하고 우리는 계속 만났다.

1년이 넘도록 우리는 연인도 친구도 아닌 관계를 이어나갔다. 나는 점점 그가 편해졌고 사진 찍히는 것에도 익숙해졌다. 점점 숨겨왔던 우울한 마음들을 내보였다. 외로운 날마다 그에게 연락을 했고, 그는 어김없이 내게 달려왔다. 나는 점점 이기적이 되어갔다. 내가 보고 싶을 때만 만났고 그가 나를 필요로 할 때는 없었다. 사실 나는 그때 다른 짝사랑을 잊지 못했었다. 내가 너무나 잘 아는 그 괴로움을 그에게 주고 있었다. 나의 결핍을 그의 결핍을 통해 메꾸고 있었다.

홀로 지치고 힘들었던 그는 떠나갔다 돌아오기를 여러 번, 하지만 나는 그 자리에 가만히 서 있었다. 돌아오면 돌아오는 대로, 떠나면 떠나는 대로 놓아두었다. 그것이 더 상처가 되었을 것이다. 그는 나를 좋아하는 동시에 내가 얼마나 미웠을까. 나 또한 내가 미웠다. 나도 나를 이해할 수가 없었다. 늘 생각했다. 나는 왜 그를 사랑할 수가 없을까? 이 사람만큼 나와 잘 맞는 사람이 없는데. 이토록 나를 아껴주고 사랑해주는 사람은 없을 것 같은데. 그런데 왜 그를 연인으로 받아들이지 못할까. 누구보다 고민했던 건 나였다. 하지만 그에게는 이런 말조차 할 수 없었다.

무엇이 문제였을까? 우리는 웬만한 연인들보다 많은 시간을 함께했지만 키스는커녕 친구 사이에 할 만한 흔한 스킨십 한 번 없었다. 친구도 연인도 아닌 관계는 정의 내릴 수 없는 만큼 의무도 책임도 없었다.

어느 봄이었다. 그에게서 오랜만에 연락이 왔고 일본에서 사진전을 한다고 했다. 나는 한달음에 일본으로 날아갔다. 오랜만에 마주한 그의 얼굴과 그의 사진 앞에서 나는 아무 말도 할 수 없었다. 커다란 벽에 걸린 수백 장의 사진 속에 내가 모르는 내가 있었다. 사진전의 주인공은 나였다.

정사각형의 반질거리는 흑백사진 속의 나는 늘 다른 곳을 응시하고 있었다. 그는 그런 나를 작은 뷰파인더를 통해 수백, 수천 번을 끊임없이 바라봤었다. 하지만 단 한 장에서도 나는 그를 바라보고 있지 않았다. 모두 시선을 피하거나 눈을 감은, 우울하고 슬픈 얼굴뿐이었다. 나와는 달리 그는 늘 똑바로 나를 바라봤다. 내 안의 슬픔과 우울까지도 들여다봤었다. 그는 그런 나를 사진에 담아내면서 무슨 생각을 했을까. 아이러니하게도 그의 시선 끝의 나는 슬퍼 보였지만 예쁘고 아름다웠다. 실제 내 모습보다 훨씬 더.

딱 하나, 마지막 사진. 그 한 장에서만 나는 환하게 웃고 있었다. 그 웃음의 이유는 기억나지 않는다. 내가 늘 슬픈 얼굴이었다는 걸 그때서야 깨달은 것처럼 그때 내가 왜 웃었는지 모르겠다. 우리의 관계는 늘 그런 식이었다. 정확한 이유도 없고 명확한 감정도 없었다. 연애를 했다고 할 수 없지만 연애가 아니라고는 할 수 없었다. 돌아보면 그와 내가 나눈 대화 속에 정작 우리 두 사람은 없었다. 자신이 바라는 것과 원하는 것뿐, 정작 우리가 함께할 수 있는 것들에 대해서는 이야기하지 않았다. 내가 그에게 보여주는 모습도, 그가 나를 보는 시선도, 카메라 렌즈에 담길 사각의 공간, 딱 그만큼뿐이었다.

우리가 나눈 긴 시간과 긴 대화가 무색하게도, 끝은 순식간이었다. 나는 베를린으로 떠났다. 혼자 베를린의 추운 겨울을 견디면서 그를 많이 떠올렸다. 보고 싶었고 이야기하고 싶었다. 돌아가게 된다면 제일 먼저 그를 만나야겠다고 생각했다. 하지만 나는 돌아가지 않았다. 시간이 흘렀고, 베를린을 떠나 수많은 나라를 떠돌았다. 점점 나의 세상이 바뀌어갔다. 나의 세계는 넓어졌으며 나의 시선도 나의 표정도, 모든 것이 달라져갔다. 어느샌가 사진 속의 나는 늘 환하게 웃고 있었다.

여행이 1년을 넘어갔을 때쯤이었나. 그에게 메일이 왔다. 그는 베를린에 와 있다고 했다. 이전에 일본에서 연락이 온 것과 비슷한 상황이었다. 하지만 나는 그를 만나러 가지 않았다. 더 이상 이도 저도 아니게 굴지 말고, 차라리 나쁜 년이 되어버리자고 생각했다. 나는 일방적으로 답장을 끊어버렸다. 그는 믿을 수 없겠지만, 나는 그게 너무 마음이 아파서 메일을 볼 때마다 엉엉 울었다. 지금도 가끔 그의 메일을 열어본다. 그 짧은 편지 속에 어디에서도 보지 못한 진심이 들어 있다. 흔하고 뻔한 말들이다. 너는 나에게 가장 특별하다는 말, 내 인생에 그런 사람은 너뿐이고 잊을 수 없을 거라는 말. 네가 있었기에 더 나다운 나로 살고 있다는 말. 고맙다는 말, 미안하다는 말.

아직도 그 말들은 내가 살아가는 데 큰 힘이 된다. 그런 사람은 없었고 앞으로도 없을 테니까. 그에게 다시 연락할 생각은 없다. 그 또한 내게 연락하지 않을 것이다. 하지만 그 메일은 지울 수가 없다. 그는 어떨까. 내 사진을 가지고 있을까, 다 지워버렸을까.

/ 당신의 사정
/

연애는 기본적으로 비밀 이야기다. 두 사람이 손을 잡고 다정하게 걸어가는 모습에는 수많은 것들이 숨어 있다. 아무에게나 보여주지 못할 자신의 치부와 약점을 고스란히 드러내기도 하고, 남들과는 다른 이유로 상대에게 매력을 느낀다. 사람과 사람 사이의 낯섦조차도 설렘이라는 이름이 되어, 우리는 연애라는 것을 한다.

연애는, 벗어야 한다. 입을 벌리고 혀를 부딪치며 타액을 나눈다. 옷을 벗고 맨몸으로 끌어안는다. 자신조차 자세히 들여다보지 못한 은밀한 곳과 부끄러운 표정까지도 내보인다. 벗는다는 것은 단순히 육체를 가린 천을 걷어내는 것만이 아니라 마음의 껍질까지도 떨쳐내는 것이다. 가끔은 그럴 수 있는 타인이 존재한다는 것이 무척 이상하다. 무엇을 믿고, 무엇을 위해 내 몸과 마음을 다 벗어 보이는 것일까.

친구들과 나누는 연애 이야기는 옷을 벗기 전의 것들이었다. 속옷은 벗지 않고 겉옷만 벗어놓은 느낌이랄까. 하지만 그 정도로도, 사람들은 끊임없이 연애 이야기를 한다. 연애 이야기를 무척 좋아한다. 누가 누구를 좋아한다더라, 누가 헤어졌다더라, 누구랑 누가 잤다더라 하는 그런 소재는 언제나 세상의 관심거리가 되고, 술자리의 안줏거리가 된다. 왜 다들 연애에 대해 말하지 않고는 못 배기겠다는 듯이, 어떻게든 이야기하려는 걸까?

그 어떤 연애도 완벽한 진실이 될 수 없다. 하지만 관심거리, 안줏거리가 된 타인의 연애는 늘 진실 같다. 판단은 명확하고 판정은 날카롭다. 사람들은 눈에 보이는 사실 하나만으로 수십 가지를 상상하고 단정짓는다. 그 말들에는 분노와 경멸도 있으며, 부러움도 있다. 사회의 관념과 시선으로 무장된 편견이 가득 쌓여 있다. 하지만 그들의 확신 어린 추측과 달리 남들은 모르는 그들의 사정이라는 게 있을 것이다. 우리는 너무 쉽게 타인의 연애를, 사랑을 정의한다. 나와 상관없는 타인에 대해서만 객관적이다. 남의 연애에 대해서는 박사학위를 딴 것처럼 분석하고 결론 내린다. 이래야지 저래야지, 그건 절대 아니지. 좀더 냉정해질 필요가 있어, 입장 바꿔 생각해봐. 그런 말,

누구나 할 수 있다. 물론 나도 그렇게 말했던 적이 있다. 하지만 정작 나는 연애를 잘하고 있나? 완전, 결코, 절대로 아니다. 내 친구가 그랬다면 등짝 스매싱을 날렸을 일들을 내가 한다. 내 동생이 그랬다면 딱딱 결론 내려서 끝내버리라고 할 것을, 나도 질질 끌고 질질 짠다.

그러니까 제발 좀 내버려뒀으면 좋겠다. 보기에 답답하든 안타깝든, 그건 그들 사정이니까.

사랑, 둘

/

S

/ 네가 내게로 왔다
/

제주에서 여행하듯 살았던 적이 있다. 2년간의 세계여행을 끝내고 돌아오니 집도 돈도 없어서, 한국에서도 가방 하나만 메고 이곳저곳에 머물렀다. 일을 돕거나, 외주를 받아 하루 벌어 하루를 살았다. 외국을 여행하던 때와 별반 다를 바 없었다. 제주는 아름다운 곳이었다. 아름다운 풍경 속에서 좋은 사람들을 만났다. 제주에서 행복하게 머물러 사는 사람들이었다. 하지만 나는 어디에도 머물지 않을 것처럼 계속 떠돌아다녔다. 사는 것도, 여행하는 것도 아닌 상태였다. 서울로 돌아갈 수 있을까. 영영 떠돌아야 할지도 모른다고 생각했다.

제주시 버스터미널에서 아는 동생을 만났다. 그의 친구가 서울에서 내려온다고 했고 같이 기다려주기로 했다. 자판기 커피 한잔을 천천히 마시고, 근황을 이야기하고, 제주의 좋은 곳들을 소개하고, 그러는 동안에도 그의 친구는 오지 않았다. '왜 이렇게 늦어' 하는 마음에 먼저 가보겠다고 했다. 그때 버스가 도착했다.

"안녕하세요."

친구 S는 늦은 와중에 미안하지도 않은지 해맑게 인사를 건네왔다. 나는 시큰둥하게 "안녕" 하고 답을 했고, 그대로 뒤돌아설 참이었다. 그런데 허기가 느껴졌고 시간을 보니 이미 저녁때였다. 셋이 밥이나 먹자고 했다. 싹싹한 동생과 달리 S는 짧게 대답하면서, 입만 씨익 웃었다. 그게 낯을 가리는 거였다는 걸 나중에 알았다. 밥을 먹고 돌아가는 버스 안에서 홀로 앉아 있는 내 뒤로 둘은 쉴새없이 조잘거렸다. 무척 쓸쓸할 법도 한데 아무렇지도 않았다. 나는 아마도 그런 것에 많이 무뎌진 상태였을 것이다.

며칠 뒤였다. 동생과 S가 내가 있는 곳으로 찾아왔다. 반가운 마음이 앞섰다. 저번과는 달리 스스럼없이 함께 어울리며 여기저기 다녔다. 그러다가 동생은 서울로 돌아가고, S는 여행을 계속한다고 했다. "다시 연락할게요"라는 말은 빈말일 거라 생각했는데, 정말로 다시 연락이 왔다. 그렇게 우리는 2주 동안 함께 제주를 여행했다. 여행지에서 흔히 그러듯 어느 날은 셋이었고 어느 날은 넷이 되어 제주도를 돌고 돌았다. 약속한 것도 아닌데 당연한 듯이 계속 함께했다. 계획된 여행은 아니었다. 한라산에도 가지 않았고 유명한 식당에도 가지 않았다. 그냥 동네의 허름한 국숫집에서 국수를 먹고, 작은 해변에서 바닷물과 모래를 차고 놀거나, 고속도로를 종일 걷다가 오래된 다방이 나오면 쌍화차를 마셨다. 게스트하우스에서는 밤마다 각자의 방으로 돌아가 잠을 잤고, 아침이면 일어나 나는 S를 꼭 안고 잘 잤어? 라고 아침 인사를 했다. 그러면 S는 잠이 덜 깬 나를 토닥이며 잘 잤어요, 라고 말해주었다. S는 밝고 따뜻한 사람이었다. 같이 있으면 편안했다.

/ 기다리는 사람이 있다는 것
/

— 언제 돌아와요?

S는 서울로 돌아갔고, 나는 여전히 제주에 남아 있었다. S로부터 계속 문자가 왔다. 서울에는 눈이 펑펑 온다고 했다. 나는 이상하게 무기력한 상태였다. 사람들이 놀러가자고 했지만 그럴 기분이 들지 않았다. 말없이 게스트하우스의 거실에 혼자 앉아 짜이를 마시며 책을 읽는 게 하루의 전부였다. S는 서울에 와 있다는 것이 실감이 안 난다고 했다. 여전히 제주에서 숙소를 알아보고, 운동화가 닳도록 걷고, 바람 맞으며 뛰어다니다보면 바다가 보이고, 그래야 할 것 같은데 아니라고, 꿈같다고 했다. 하지만 나중에 말하길, 사실은 내가 곁에 없다는 것이 이상했을 뿐이라고 했다.

나도 마찬가지였다. 그가 오기 전 혼자서도 잘 지내왔던 제주 생활이 무료해졌다. 그가 절실하게 그리운 것은 아니었지만 어디인지 모를 허전함은 부인할 수 없었다. 그를 좋아하게 되었다거나, 그가 나를 좋아하고 있다고는 더더욱 생각해본 적도 없었다. 하지만 헤어나올 수 없는 이 무료함과 허전함은 어디에서 오는 걸까 생각하면 그가 떠올랐다.

언제 돌아올 거냐는 그의 대답에 뭐라 답을 할 수 없었다. 아무런 계획도 기약도 없었고, 다만 제주에서 이렇게 계속 지낼 수는 없다는 것만 알고 있었을 뿐이었으니까. 그렇지만 서울에 돌아갈 이유가 없었다. 집도 없고 돈도 없다는 건 두번째 이유였다. 나의 두서없는 말에 S는 자기 집에 와 있어도 된다는 제안을 했다. 나는 그저 웃으며 괜찮다고 했다. 그의 연락은 계속 이어졌지만 혼란스러워져서 머리가 아파왔다. 감기와 몸살이 겹쳐 이틀을 끙끙 앓았다. 간신히 일어나 확인한 휴대폰에는, 그의 걱정이 가득 쌓여 있었다. 그리고 마지막 짧은 문자 하나.

— 일단 와요.

'좋아한다'는 글자는 어디에도 없었지만 말하지 않아도 명확히 알 수 있었다. 수많은 문자 끝에 남긴 그 한마디 속에 마음이 담겨 있었다. 일단 와, 다 모르겠고, 보고 싶어. 나를 보고 싶어하는 사람이 있다는 그 사실 하나만으로도 서울로 돌아갈 이유는 충분했다.

— 돌아갈게.

서울에는 눈이 펑펑 내리고 있었다. 손을 호호 불며 비행기에서 내렸다. 추운 날씨 때문에 더 외로웠다. 2년 만에 한국에 돌아왔던 날에도 나를 기다리던 이는 없었다. 공항을 나오면 쭈욱 늘어선, 기대감에 찬 수많은 얼굴들 중에 나를 향한 한 사람조차 없다는 건 쓸쓸한 일이었다. 그건 너무 익숙한 일이기도 했다. 그래서 기대 따윈 하지 않았다. 혼자 떠나고 혼자 돌아오는 것에는 익숙하니까. 그런데 이번에는 내가 아는 얼굴이, 누구도 아닌 나를 기다리는 얼굴이 거기에 있었다.

"어서 와요."

S가 나를 기다리고 있었다. 내가 너를 기다리던 처음 그 순간처럼 이젠 네가 나를 기다리고 있었다. 처음이었다. 나를 기다려준 사람. 돌아온 나를 반겨주는 사람. 나는 울컥 눈물이 쏟아지려는 것을 참고, 얼굴 한가득 웃으며 달려가 그를 안았다.

,

보고 싶었어.

/ 고백
/

입 밖으로 소리 내어 말하지 않아도 알고 있었다. 나를 만나면 너무 좋아죽겠다는 걸 숨기지 못하면서도, 고백을 하지 못해 발을 동동거리며 고민한다는 걸 알면서도, 나는 모른 척했다. 그 말을 기다리는 그 시간이 좋았는지도 모른다. 아닌 척했지만 순간순간 터져나오는 웃음은 숨길 수가 없어서, 나는 S를 바라보며 웃고 또 웃었다.

만나서 밥을 먹고 차를 마시며 지난 이야기들을 하고, 집으로 돌아가는 아쉬운 시간에 그가 또 한번 머뭇거렸다. "음…… 아니에요, 잘 들어가" 끝인사만 몇 번을 반복하던 어느 날 내가 말했다.

"내일은 꼭 말해줘."

나에 대한 그의 마음이 어떤지 알고 있었지만 직접 듣고 싶었다. 그저 입으로 내뱉으면 좀더 선명해지는 '그 말'을 듣고 싶었을 뿐. 마음이 차오르고 차올라 언젠가는 뱉게 될 그 한마디를.

그날은 우리가 재회한 날처럼 눈이 펑펑 내렸다. 눈이 많이 와서 미끄러운 천호역 사거리를 걷다가 미끄러질 뻔했다. S는 내 손을 잡아 부축해주고는, 그대로 손을 놓지 않았다. 머뭇거리며 그가 말했다.

"좋아해요."

그렇게 우리는 연인이 되었다.

/ 둘만 있을 수 있는 곳으로 가자
/

보고 있어도 보고 싶다는 그 유치한 말이 사실이라는 걸 실감할 만큼 S와 잠시도 헤어지고 싶지 않았다. 우리는 제주에서 여행할 때처럼 매일 만났다. 지겹기는커녕 시간이 가는 게 아쉬워서 미칠 지경이었다. 하루 매시간 매초, 온통 우리 둘뿐이었다.

그 겨울에는 유독 눈이 많이 내렸다. 장갑 한 세트를 양손에 하나씩 나눠 끼고 굳이 맨손으로 손을 마주잡았다. 제주도에서는 늘 걸어다녔지만 서울의 겨울은 걷기에는 너무 추웠다. 나는 귀마개가 달린 갈색 털모자를 쓰고 패딩을 입고도, 계속해서 춥다며 징징거렸다. 따뜻한 곳으로 들어갔다. 카페에서 이야기를 하다가 또다른 카페로 갔다. 카페에 가고 싶은 것도,

뭘 먹거나 마시고 싶은 것도 아니었다. 같이 있을 수 있는 곳이면 어디든 좋았다.

눈은 그치지 않고 계속 왔다. 카페를 세 군데 전전한 후에야 내가 말했다. 우리 집으로 가자. 그는 내 손을 더 꼭 붙잡고 빠른 걸음으로 걸었다. 집에 들어서자마자 보일러 온도를 높이고, 옷에 묻은 눈을 털었다. 내가 따뜻한 물로 샤워를 하는 동안, 너는 물을 끓였다. 그리고 차가운 침대 위, 온기가 조금 남아 있는 이불 안쪽으로 함께 들어갔다. 우리는 꼭 안은 채로 잠이 들었다. 키스도 섹스도 없는 밤이었다. 설렘보다 편안함이 컸다.

정오가 넘어서야 잠에서 깼다. 여전히 눈이 오고 있었다. 옥상에는 하얀 눈이 가득 쌓여 있었고 창밖으로 거센 바람이 불었다. 나갈 수가 없었다. 사실 애초에 나갈 생각도 없었다. 두부만 넣은 된장국을 끓여 밥을 말아먹고는 나란히 누워 휴대폰 게임을 했다. 뒹굴거리며 만화책을 읽다가 치킨을 시켜 먹었다. 티브이도 식탁도 없었다. 나의 작은 집은 방 한가운데 침대 하나뿐이었고, 그 위에서 우리는 모든 것을 했다.

춥고 험한 바깥세상으로부터 고립된 작고 따뜻한 방에 우리 둘뿐이었다. 창가에 서서 겨울왕국의 풍경을 바라보는 내 뒤로 너의 목소리가 들려왔다. 춥다고, 이리 오라고. 방 안은 따뜻했고 네 품은 더 따뜻했다. 방 안의 열기와 바깥공기가 맞물려 창문은 뿌옇게 흐렸다.

특별하지도, 대단하지도 않은 것들로 너와의 시간들이 쌓여갔다. 우리는 함께인 것만으로 행복했다. 한쪽 벽에 서로의 키를 재서 연필로 표시하고, 거울 앞에 서서 겹쳐진 우리의 웃음을 카메라에 담았다. 가위바위보로 설거지 내기를 하거나, 진 사람이 아이스크림을 사 오는 벌칙 게임 같은 걸 하곤 했다. 주로 내가 졌지만, 결국 네가 다 해주었다. 나는 그런 너의 갈색 머리를 쓰다듬으며 우리 강아지, 하고 불렀다. 너는 나의 가슴 안쪽에 깊게 안겨 얼굴을 부볐다. 내 옷과 베개에 밴 너의 냄새가 달달했다. 게으르고 간지러운 연애였다. 손바닥보다 작은 아기 고양이를 키우기 시작했다. 이름은 여백이라고 지었다. 아기 고양이를 함께 사랑하면서, 우리는 더더욱 행복해졌다.

,

어느 한낮 침대에 누워

사람에게 평화가 주어진다면
나는 그 평화가 대단한 것들이 아닌
게으름과 안정, 무료함,
그런 것들이 더 적절한 것 같다.
나는 그런 순간이 올 때마다
모든 열정과 목표 따위는 내다 버린 채
최선을 다해 애를 써서 그대로 놔두었다.
마치 시간이 멈춘 것처럼,
영원히 시간이 흐르지 않을 것처럼.

/ 당신만 아는 나의 민낯
/

S는 연애가 서툴렀고, 사랑은 처음이었다. 마냥 행복해했고 마냥 어려워했다. 나는 때로 서툰 그의 행동이 밉다가도, 미워할 수가 없어서 어물쩍 넘어가곤 했다. 왜냐면 너는 나를 위해 뭐든 해주려고 했으니까. 딸기 생크림 케이크를 좋아하고, 빨간 장미는 싫어하는 내게 너는 생일날 하얀 생크림 케이크와 노란색 들꽃 다발을 선물했다. 내가 당 떨어졌어! 말하면 너는 내 손을 꼭 잡고 배스킨라빈스나 나뚜루를 향해 힘차게 걸었다. 겨우 2,800원짜리 아이스크림 한 스쿱에, 나는 세상 모든 걸 가진 표정으로 바보같이 헤헤 웃곤 했다.

이런 어린애 같은 모습과는 달리, 나는 다른 사람들에게는 전혀 다른 이미지였다. 혼자 세계여행을 했던 당찬 녀석. 늘 책을 읽거나 그림을 그리는 차분한 아이. 당당하고 자립심 강한 사람. 그런 모습으로 비춰지고 있었다. 하지만 S 앞에서 나의 그런 모습은 흔적도 없이 사라졌다. 너는 답답한 속을 끓이며 '다른 사람들이 누나의 진짜 모습을 알아야 하는데' 하며 억울해했다. 그게 싫지는 않은 듯한 미소를 숨기지 못한 채로.

너에게만 달랐다. 애교를 부리고 투정을 부리고, 마냥 귀엽고 철없는 아이가 되어버렸다. 추운 날도 더운 날도 품에 안겨 볼을 부비곤 했다. 절대 손을 놓지 않았고 하루에도 수십 번씩 뽀뽀를 했다. 세상 속에서 나는 늘 강해야 했지만 네 앞에선 그러지 않아도 됐다. 밖에서는 괜찮아요 하다가도, 너를 만나면 눈이 퉁퉁 부을 때까지 펑펑 울었다. 참아야 할 필요가 없었다. 마음 한구석에 늘 담아두었던 강해져야 한다는 다짐은 이미 무너져 있었다.

너에게만 나의 모든 것을 내보였다. 눈이 퉁퉁 붓고 머리도 잔뜩 헝클어진, 어떤 초라하고 못난 모습이어도 예뻐해주었다. 눈물을 닦아주는 그의 손길에 나는 안도했다.

,

인간의 불행은 원래 혼자일 때 존재하던 것이었고
그전까지는 잘 견딜 수 있는 것이었음에도 불구하고
둘이 되었다는 이유로
왜 스스로 서지 못하는 나약한 인간이 되어버리고 마는 것인가.

/ 네가 없으면 살 수 없어
/

— 미안해.

우리가 처음으로 다툰 날이었다. 오늘은 못 볼 것 같다고 했다. 순간 불안감이 몰려왔다. 늦게라도 와, 올 수 있잖아, 뭐가 더 중요한데. 고래고래 소리를 지르며 그를 책망했다. 갑자기 다른 약속이 생겨서 못 만날 것 같다는 것뿐이었는데, 그가 나를 버리기라도 한 듯 나는 화를 냈다. 그를 보지 못한다는 사실이 마치 세상에 나 혼자 덜렁 남겨진 기분으로 번졌다. 미친년 같은 나의 분노에, 그가 처음으로 화를 냈다. 나는 너무 놀라서 말을 멈추고, 동시에 숨도 멈추었다.

침대에 기대어 앉아 진정하려고 애를 썼지만 호흡이 힘겨워서 전화를 할 수가 없었다. 훌쩍이던 눈물은 금세 폭풍처럼 쏟아졌다. 우는 것도 비명도 아닌 소리를 내뱉었다. 제대로 숨을 쉴 수가 없었다. 몇 년간 없었던 과호흡이었다. 가슴이 답답하고 머리가 어지러웠다. 죽지 않을 만큼의 고통이 찾아왔다. 눈물 콧물로 범벅이 된 내 모습이 거울에 얼핏 비쳤다. 잠이 든 걸까 정신을 잃었던 걸까. 눈을 떴을 때 보이는 것은 눈물을 뚝뚝 떨어뜨리는 너의 커다란 눈이었다.

그날 이후로 너는 무척 상냥해졌다. 나만을 만나고, 나만을 바라봤다. 물 가져다줘, 그거 먹고 싶어, 이렇게 해줘, 저거 해줘……. 너는 내 요구를 모두 들어주었다. 나는 점점 더 제멋대로 행동했다. 세상 그 누구보다 행복해하다가 갑자기 불구덩이에 떨어진 듯 화를 내고 죽을 듯이 울었다. 가지지 못하면 생떼를 쓰고 바닥에 주저앉아버리는 어린아이처럼 그를 원했다. 당신이 없으면 살 수 없는 아기처럼. 그는 그런 나를 다독이며, 매번 그래그래 하고 안아주었다.

어느 날 지하철을 타고 집으로 돌아가는 중이었다. 타는 냄새가 났다. 그와 전화통화를 하면서 지하철에서 아까부터 탄내가 나, 뭔가 고장난 건 아닐까? 괜찮겠지? 이야기하는 중에 휴대폰이 꺼졌다. 별일 없이 몇 정거장을 지나, 홍대입구에 내렸다. 마트에서 딸기를 사고, 두부와 어묵, 물도 샀다. 양손에 무거운 짐을 들고 낑낑 집으로 올라갔다. 문 앞에서 고양이가 나를 기다리고 있었다. 다녀왔어 말하고, 휴대폰을 충전기에 꽂아두고, 옷을 벗고 씻으러 들어갔다. 어묵탕 끓여 먹어야지 생각하며 씻고 나왔는데 전화벨 소리가 들렸다. 그의 열다섯번째 전화였다. 문자는 수십 통이 와 있었다. 그가 엉엉 울며 말했다. 네가 없어지면 나는 어떻게 살아.

나는 네가 필요했다. 네가 있어서 살 수 있었다. 너는 그런 나를 위해 모든 걸 해주는 줄 알았다. 내 곁에 있어주는 거라 생각했다. 자기가 없으면 내가 죽을까봐. 아플까봐, 또 울까봐. 외로운 내가 불쌍해서 나를 안아주는 줄 알았다.

하지만 사실 네게도, 내가 필요한 것이었다.

,
마음대로 되지 않는 것투성이다.
너의 마음은 알 수 없고,
나 또한 나의 마음을 나에게 질문한다.
"너는 어떻게 하고 싶니?"
나조차도 나를 모른다.

/ 나 때문에 울었으면 좋겠어
/

네가 나 때문에 불행했으면 좋겠어.
내가 없으면 외롭고
내가 무심할 때면 가슴이 찢어지고
내가 차가울 땐 모든 게 무서워져서
하루종일 엉엉 울었으면 좋겠어.
지금 내가 그렇듯이.

네가 나 때문에 행복했으면 좋겠어.
그래서 나는 슬퍼도 눈물을 숨기고
외로워도 잘 지내는 척하고,
내가 더 힘들어도 널 응원하곤 해.
그래야 계속 네가 날 사랑할 것 같아서.

나는 너로 인해 계속 살고 싶어져.
좋은 일이 있을 때 제일 먼저 말하고 싶어.
힘든 일이 있을 때 너와 함께 울고 싶어.
뭐든 괜찮아, 모두 내게 알려줘.
사소한 것부터 끝까지, 함께하고 싶어.

나를 세상 그 누구보다 사랑했으면 좋겠어.
무슨 일이 있어도 같이 있어줬으면 좋겠어.
누가 뭐라고 해도 나를 믿어줬으면 좋겠어.
내가 아니라 해도 나를 잡아줬으면 좋겠어.

네가 나 때문에 사랑이 어려웠으면 좋겠어.
너의 작은 무심함에도 후드득 무너지고
너의 작은 손길에도 한없이 흔들리는 내가
너에게 가장 필요한 사람이었으면 좋겠어.
네게 가장 잔인한 사람이었으면 좋겠어.

,

지나치게 행복한 순간이 두렵다.
지나친 행복은 지나친 슬픔과 별반 다르지 않으니까.

잔인한 생.
동시에 아름답고 찬란하다.

/ 우리가 헤어진 진짜 이유
/

누구의 잘못이었을까. 어느 날부터 그는 약속을 자주 어겼고 연락이 조금씩 줄어들었다. 연락이 안 될 때마다 불안했다. 처음에는 아픈 걸까, 나쁜 일이 있는 건 아닐까 하는 걱정뿐이었다. 하지만 기다리는 시간이 길어지면 생각의 골이 다르게 흘러간다.

이제는 나를 사랑하지 않게 된 건 아닐까 하는 걱정을 누른 채, 닿은 너의 목소리는 담담했다. 바빴다, 친구들을 만나고 있었다, 그런 게 아니다, 라고 말했다. 너는 짜증을 냈고 나는 불안감을 숨겨야 했다. 너는 나를 예민한 사람으로 만들었다. 그 말을 따라 나는 예민해졌다. 그런 내가 그는 무섭다고 했다. 너의 그 말에, 나는 나를 탓하며 울었다. 내가 당신을 힘들게 하는구나.

결국 듣고 말았다. 날 좀 내버려두라는 말. 그 말은 사랑하지 않는다는 말과 다를 바 없었다. 내가 더이상 필요하지 않다는 말과 같았다. 나를 가장 아껴주던 사람에게, 나는 이제 더이상 가치 없는 인간이 되어버렸다.

네가 말했다.
사랑하지만, 그만하자고.
돈도 없고 미래가 불투명하다고.
계속 함께할 수는 없을 거라고.
여기까지인 것 같다고.

나는 어떻게 해야 하는지 모른 채 멍하니 섰다. 너와 헤어진다는 것은 혼자가 된다는 것. 물론 나는 당신 없이도 살아갈 것이다. 죽지는 않을 것이다. 하지만 죽을 만큼 힘들 것이 뻔히 보인다. 잃게 되고 잊어야 할 것이 너무 많다. 아직 하고 싶은 것들이 더 많다. 헤어지고 싶지 않다. 사랑을 끝내고 싶지 않다. 너를 잃을 수 없다. 너는 내 전부였다.

제발 떠나가지 말아요. 그런 마음으로 울었다. 하지만 그럼에도 불구하고 네게 말하지 못했다. 내 곁에 있어준다면 무엇이든 하겠어요, 하며 붙잡고 싶었다. 그렇게 바보같이 굴지도 못했다. 그것이 나를 비참하게 한다.

나는 웃으며,

그래, 헤어지자.

그렇게 말했다.

,

이런 나를 안아주는 것만으로 나는 괜찮아질 텐데.
상냥한 말과 너의 그 따뜻한 웃음,
눈물을 닦아주고 손을 잡아주는 것만으로도
나는 영원히 네 곁에 있을 수 있었는데.

그조차도 해주지 않는 당신이 밉다.
행복했던 우리의 순간들이 밉다.
그런 당신을 사랑하는 내가 밉다.

그때의 우리

그때 나는
너의 등에 업혀 자장가를 불러달라고 했고
너는 방 안을 빙글빙글 돌면서
뜬금없는 로큰롤을 부르며
바보같은 춤을 췄지.

가끔 나는
기타를 치며 노래를 불렀지.
제주에서 수십 번을 불렀던 노래.
4년 전 5월의 우리
푸른 바다에 기대어 서로를 실어 보냈었지.
그때의 그 노래.

그때의 우리는
뭐가 그리 즐거웠을까.
뭐가 그리 좋았을까.
왜 우리가 사랑했을까.

꼭 붙잡고 싶었지만
시간이 흐르고

이젠.

,

안녕.

/ 밤마다 당신 생각이 나
/

자고 일어나는 순간부터 네 생각을 한다. 더이상 오지 않는 '잘 잤어?'라는 너의 인사. 세수를 하고 거울을 보니 눈이 퉁퉁 부어 있다. 칫솔을 걸어놓는 자리 하나가 비어 있다. 머리를 감고, 머리를 말리고, 수건을 턴다. 내가 귀여워하던 당신의 젖은 머리. 내 머리카락에서 같이 쓰던 샴푸 냄새가 난다. 자주 네가 머리를 말려주었다. 방은 조용하다. 너는 늘 시끄러운 록 음악을 틀었고 나는 조용한 음악을 요구했었다. 달그락달그락, 여백이가 밥 먹는 소리만이 들린다.

골목을 지나, 홍대입구로 가는 길에도 온통 너와의 기억뿐이다. 약속시간 즈음 너는 내가 선물해준 이어폰을 끼고 흥얼흥얼 음악을 들으며 건들건들 걸어왔다. 나는 우다다 달려가서

폴짝 뛰어 안겼었다. 너는 나를 꼭 안고 입이 귀에 걸리도록 환하게 웃었었다. 이제는 주머니에 손을 넣고, 이어폰을 끼고 음악을 들으며 혼자 걸어간다. 아무도 마주치지 않는다.

버스에서, 지하철에서 우리는 항상 서서 갔다. 유리창에 비치는 너와 나는 비슷한 색의 옷을 입고 있었다. 자주 서로의 옷을 탐냈다. 내가 좋아하는 카키색의 커다란 점퍼를 너는 자기 옷처럼 두 계절 내내 입고 다녔다. 헤어지고 너는 그 옷을 두고 갔다. 나는 이제 그 옷을 입지 않는다. 하지만 버릴 수는 없다. 무척 아끼는 옷이라서.

차도 돈도 없던 우리는 늘 걸었다. 지금도 나는 걸어다닌다. 너는 구두가 아닌 운동화를 신은 내 모습을 더 좋아했다. 검은색 정장에 뾰족구두를 신은 건 낯설다고 했다. 부스스한 머리에 캡 모자를 눌러쓰고 목도리를 둘둘 감은 모습이 더 예쁘다 했다. 나는 요즘도 그런 모습이다. 지나가는 사람들, 스쳐가는 풍경들, 여전히 그대로다.

너와 무슨 이야기를 했더라. 내용은 하나도 생각나지 않는데 나는 분명 웃고 있었다. 신촌을, 홍대를, 합정을 수없이 걸어다니고 자주 가는 카페에서 아메리카노를 마셨었다. 지금도 별반 다를 바 없다. 자주 가던 카페에 나는 종종 들렀지만 너는 오지 않았다. 혹시나 멀리서 나를 발견하고 나를 피해 숨었을까.

일주일에 한 번은 꼭 만화책을 잔뜩 빌려와 치킨을 먹었다. 입가에 양념을 잔뜩 묻혀가며 닭다리를 뜯는 내 앞에, 너는 튀김옷을 떼서 건네주었다. 아무리 사랑해도 껍질은 양보 못한다던 네가, 어느 날부터 나에게 닭 껍질을 줬다. 내가 그 행동에 지나치게 감동했었다는 걸 너는 알까. 네가 너무너무 좋아하는 닭 껍질을 양보할 만큼 나를 사랑하게 됐음을 느꼈다면, 로맨틱과는 거리가 먼 상황이었을까. 마주앉아 맨손으로 치킨을 뜯어먹던 우리가 세상에서 가장 행복했던 건 착각이었을까.

이제 집에서 치킨을 시켜 먹지 않는다. 너와 헤어지고 난 후, 배고픔에 습관처럼 시킨 양념치킨은 반도 못 먹었다. 나는 닭다리를 뜯다 말고 엉엉 울었다. 조용한 방, 너의 웃음소리도 너의 음악 선곡도 없이 내 울음소리만 계속 커졌다. 이제는 내가 너에게 닭 껍질도, 닭다리도 양보할 수 있는데 너는 더이상 없었다.

이상하게도 시간이 지날수록 네 모습이 선명하게 떠올랐다. 눈, 코, 입의 모양. 숨소리와 나를 부르던 목소리. 눈가 주름의 결과 거뭇하게 남아 있던 수염 한 올까지. 머리카락의 감촉도,

냄새도. 두 팔 가득 안았던 몸의 두께와 어깨부터 가슴까지의 굴곡마저도. 아직도 네가 곁에 있는 것만 같다. 밤이 되면 네 생각이 더욱 났다. 홀로 집에 가는 게 무서웠고, 밤이 오는 게 두려웠다. 밤마다 엉엉 울 수밖에 없는 나를 견디기가 너무 힘이 들었다. 제발 시간이 빨리 지나가기를 바랐다. 얼른 시간이 흘러서 괜찮아지기를 바랐다. 시간이 지나 잊혀지기를 기대하며 나는 매일 밤마다 울었다.

너를 보고 싶다. 너와 연락을 하고, 약속을 하고, 길을 걷고, 쓰잘데기없는 이야기를 하고 싶다. 만화책을 읽고, 치킨을 나눠 먹고 싶다. 나란히 서서 이빨을 닦고 머리를 말려줬으면 좋겠다. 같이 청소를 하고 이불을 턴 뒤에, 포근한 침대에 나란히 누워 너와 키스하고 싶다. 너를 다시 안고 싶다.

지금도 너를 생각하면 나는 아프다. 가슴 안쪽을 손으로 꽉 움켜쥔 것 같은 상태로 심장이 뛴다. 목뒤가 찌르르 당기고 코가 잠긴다. 금세 눈물이 날 것 같다.

,

나는 여전히 너를 사랑한다.

연애, 둘

/ 슬프지도 외롭지도 않다면 행복한 편이겠지
/

여름이 오고 있었다. 그러고 보니 두꺼운 패딩을 벗은 지가 꽤 되었다. 입고 있던 카디건은 가방 속에 넣었다. 작년에 입었던 여름옷은 다 낡은 것뿐이었다. 옷가게에서 노란색 카디건을 만지작거리다가 흰색 티셔츠만 하나 사서 나왔다. 오랜만에 도서관에 들러 오래전에 읽었던 일본 소설을 다시 뒤적였다. 『하치의 마지막 연인』.

그러고 보니 한끼도 먹지 않았다. 밥 챙겨먹는 게 귀찮다. 어제도 다섯 시간 동안 침대에서 잠을 청하면서 시간을 낭비했다. 그 시간에 차라리 책이라도 읽었다면 좋았을 텐데. 언제 일어날지, 언제 잠드는지도 내 마음대로다. 어디를 가든, 무얼 하든, 누구를 만나든 상관없다. 내가 하고 싶은 대로 할 수 있다.

내가 뭘 먹고, 뭘 하고, 오늘 기분이 어떤지 궁금해하는 사람이, 내겐 없으니까.

슬픈 노래를 듣지 않는다. 인기 순위 100위에 들어간 노래들만 틀어놓는다. 아이돌 노래와 드라마 주제곡들뿐이다. 이소라, 강아솔. 그런 거 요즘은 듣지 않는다.

자주 가는 카페를 바꿨다. 주인과 안면이 있는 것도 아니고 공간이 아기자기하지도, 특별히 커피가 맛있지도 않다. 사람들은 대부분 혼자 앉아 노트북으로 무언가를 한다. 나는 많은 것을 했다. 그림을 그리거나 책을 읽거나, 일을 하기도 하면서. 하루 네다섯 시간 정도를 카페에서 보냈다. 씁쓸한 커피에 달달한 케이크를 같이 먹으면 꽤 좋았다. 두 시간 만에 휴대폰을 들었지만 연락이 온 것은 없다. 트위터를 열고 이런저런 잡담들을 읽었다. 너와 자주 가던 카페에서 다시 팥빙수를 개시했다고 한다. 네가 좋아하던 배우가 나오는 영화가 개봉을 했다. '나 요즘 영화도 안 보고 놀지도 않고, 카페에서 일만 하네. 꽤 열심히 사는 것 같다'라고 트위터에 썼다. 금세 '하트'가 두 개 찍혔다.

페이스북에서 오랜만에 본 지인이 결혼했다는 소식을 전했다. 두번째 결혼이었다. 정말 예쁜 부부였는데, 사람 일은 정말 어떻게 될지 모른다는 말이 틀린 것 하나 없다. 내 왼쪽 자리의 여자 둘이 한참 동안 남자친구 욕을 했다. 이번에도 또 그랬어, 어떻게 나한테 그럴 수가 있어? 내가 엿듣기에는 저 여자도 잘한 건 없다. 남의 연애는 어쩜 이렇게 객관적으로 봐지는지. 언젠가의 나도, 어떻게 그럴 수 있어? 따위의 말을 했었다. 나야말로 어쩜 당신한테 그럴 수 있었는지는 생각도 못하고.

그를 그리워하는 시간이 점점 줄어든다. 그를 생각하는 시간도 점점 줄어든다. 오른쪽 맞은편에 앉은 잘생긴 남자는 뭐하는 사람일지 궁금하다. 이제는 다른 사람을 만나도 괜찮을 것 같다. 그러다가 고개를 절레절레 흔들었다. 아니, 연애는 하지 않는 게 나을 것 같다. 당분간은, 그만두자.

요즘은 슬프지 않다. 외롭지 않다. 그를 다시 만나고 싶지도, 새로운 연애를 하고 싶지도 않다. 연애가 힘들다. 행복한 만큼 외로웠고 소중한 만큼 괴로웠다. 너무너무 좋은 연애일수록 헤어지고 난 이후의 고통이 심하다면, 차라리 안 하는 게 낫지 않을까. 행복했던 대가로 이토록 힘든 실연을 견뎌야 한다면. 사랑이 정말 필요했을까.

때로 당신을 만났던 것을 후회한다. 만약 당신을 몰랐더라면, 당신을 사랑하지 않았더라면……. 영원히 내 곁에 있겠다는 너의 말을 믿은 죄로 나는 아무도 믿을 수 없는 상태가 되어버렸다. 세상의 속된 말들만이 희망이다. 시간이 약이라는 말만을 믿어야 했다. 내가 믿든 안 믿든 상관없이 시간은 제 갈 길을 간다. 그렇게 시간이 흘렀다. 시간이 지나도 아무것도 바뀌지 않을까봐 걱정했던 것과는 달리, 나는 그럭저럭 잘 살고 있다. 이제는 괜찮다.

구청 앞, 길게 늘어진 수많은 자전거 사이에 내 작은 자전거를 걸어두었다. 열쇠를 받아 사물함에 옷을 걸어두고, 샤워를 하고, 수영장에 들어섰다. 삑삑거리는 호루라기 소리에 맞춰 팔짝팔짝 뛰었다. 물속으로 들어가는 순간 그 첫 감각이 좋다. 머리부터 발끝까지, 땅을 벗어나 하늘을 나는 기분. 두 발로 단단히 딛고 있던 땅의 무게를 잠깐 잊는다. 요즘 나의 심장박동은 늘 보통의 상태를 유지했다. 자유형으로 세 바퀴를 돌고 나니 심장이 빠르게 뛴다. 두근두근, 콩닥콩닥. 갑자기, 너와 헤어진 그날 오후가 떠오른다. 눈을 질끈 감고 다시 한번, 발을 힘차게 차며 물속을 향해 달렸다.

수영하는 동안 휴대폰에 연락이 와 있었다. 친구였다. 연애가 너무 힘들어서 미쳐버릴 것 같다는 문자였다. 친구가 불쌍하다고 생각했다. 나는 그럭저럭 행복한 것 같다. 슬프지도, 외롭지도, 너를 사랑하지도 않아서.

/ 사랑 없이 혼자 살기
/

긴 시간 혼자 여행을 하다보면 자주 그런 질문을 받는다.

"외롭지 않아요?"

"외로워요."

"왜 혼자 다녀요?"

"혼자서도 괜찮아요."

긴 시간 연애를 하지 않으면 자주 그런 질문을 받는다.

"외롭지 않아요?"

"외로워요."

"왜 누구 안 만나요?"

"혼자인 시간도 좋아요."

여행이든, 일상이든, 누군가와 함께인 것이 물론 더 좋다. 함께인 것이 싫어서 혼자인 게 아니다. 연애를 하든 친구가 있든, 사람은 누구나 혼자인 때가 있다. 아니, 혼자일 때가 더 많다. 함께인 것이 당연한 게 아니다.

나는 약했다. 나약하고 외로운 마음이 너무 커서, 연인에게 집착했었다. 같이 있는 시간엔 더없이 좋았지만 그와 헤어지고 나면 더 외로워졌다. 계속 그에게 요구했다. 함께 있어, 같이 해, 이것도 해줘, 저것도 같이 해줘. 나는 연인에게서 답을 찾으려 했지만 오히려 더 어려워졌다. 나는 더욱더 외로워졌고 나약해질 뿐이었다.

혼자인 시간을 견딜 수 없는 나는 함께일 때도 그랬다. 모든 길, 모든 선택, 모든 시간을 함께하기를 원했지만 그건 불가능한 일이었다. 그때마다 나는 자주 울고 자주 화를 냈다. 매 순간 감정이 몰아치듯 흔들렸다. 상대가 힘들어한다는 것을 알았지만 그때의 나는 어찌할 수가 없었다. 펑펑 울다가 그의 품에 안겼을 때, 문득 깨달았다. 나는 이제 당신 없이는 살 수 없다.

그러기를 수십 번, 그는 결국 지쳤고 떠났다. 나는 혼자가 되었다. 결코 끝나지 않을 것만 같은 슬픔이 나를 휘감았다. 숨을 쉬는 것조차 고통스러웠다. 하지만 나는 살아야 했다. 이제 나는 진짜 혼자다, 라고 되뇌었다.

괜찮아, 혼자서도 잘할 수 있어.

하지만 혼자인 시간을 어떻게 보내야 할지 몰랐다. 하나씩 시작했다. 식당에 가서 혼자 밥을 먹었다. 나 말고도 혼자인 사람이 많았다. 어색했지만 괜찮아 보였다. 늘 가던 곳이 아닌 조금 먼 카페에도 가봤다. 늘 먹던 메뉴가 아닌 새로운 것을 마셔보았다. 맛있었다. 오래전 읽었던 소설책을 다시 읽어보았다. 새로운 기분이었다. 혼자 쇼핑을 하고 혼자 영화를 봤다. 그 역시 괜찮았다. 아니, 생각보다 꽤 즐거웠다. 그렇게 다시 하나하나 해나갔다. 시간은 잘 흘렀고, 헤어진 그를 떠올리는 게 하루에 수천 번에서 수백 번으로, 수십 번에서 한 번 정도로 줄어들 때까지, 나는 나를 '혼자'로 두었다.

돌아보면 한때 내게 외로움은 낯선 것이 아니라 당연한 것이었다. 당신을 알기 전의 나는 이미 모든 것을 혼자서도 잘하던 사람이었는데, 당신을 만나는 동안 나는 나를 잊어버리고 있었다. 아무리 누구와 함께라고 해도, 결국 나는 나일 뿐이다. 누군가와 함께여야만 행복하다면 나는 결코 행복해질 수 없다. 타인이 나의 길을 정할 수 없고, 나의 마음을 정할 수는 없다.

나 역시 타인을 바꿀 수 없다. 사랑 하나로 사람의 외로움이 해결되지는 않는다. 때로는 사랑 때문에 더욱 외롭기도 했으니까.

나는 혼자가 되었고 여전히 외로웠지만,
괜찮다. 외로워도 괜찮다는 것을 알았다.

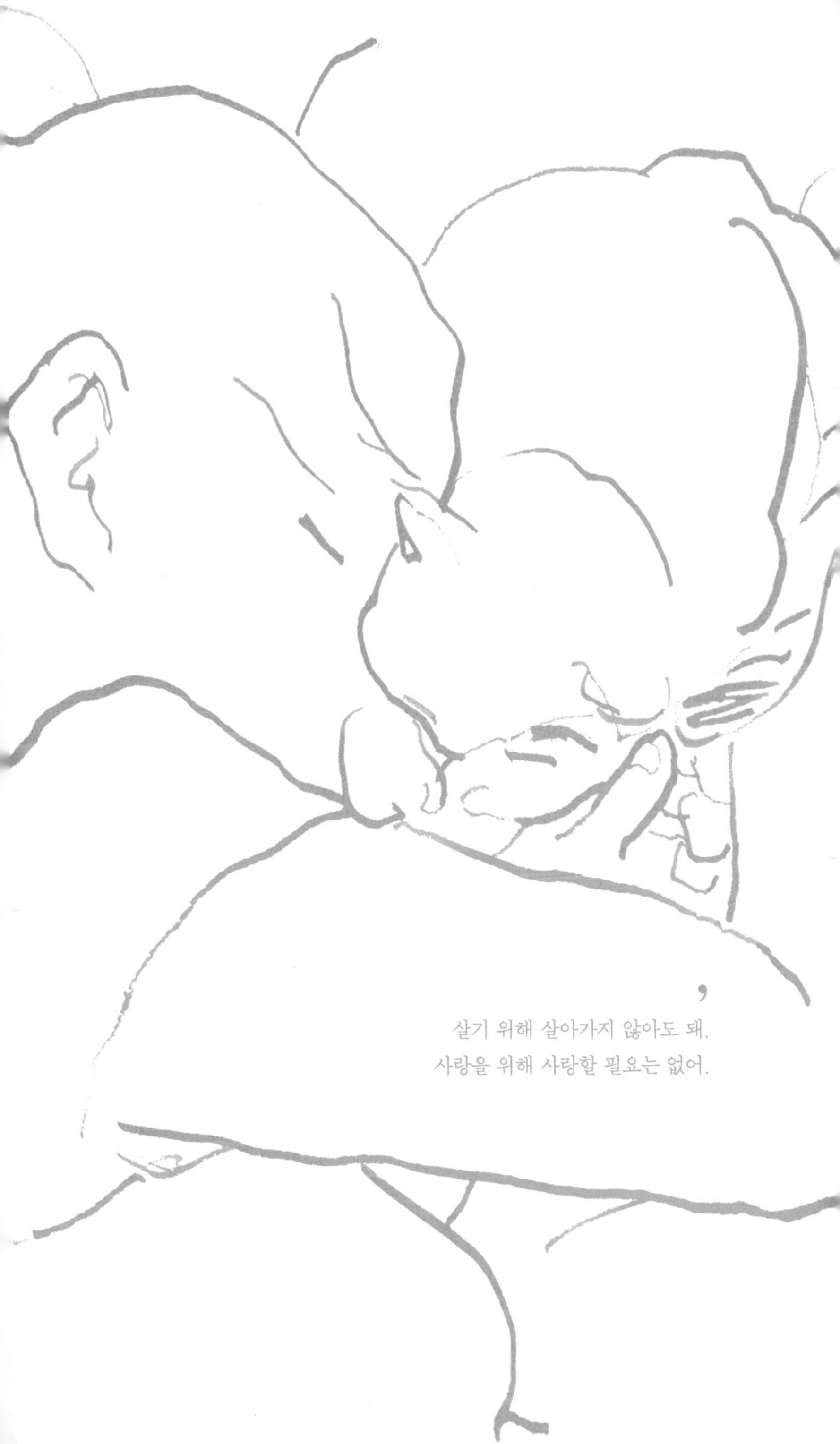

살기 위해 살아가지 않아도 돼.
사랑을 위해 사랑할 필요는 없어.

/ 젊은이의 오만
/

어느 날, 내가 늙고 있다는 사실을 깨달았다. 나에게서 늙은 어머니의 입냄새 같은 것이 느껴졌다. 나는 놀라움 그 이상으로 충격을 받았는지 아무렇지 않게 아, 죽어야겠다, 하는 생각이 들었다. 젊음을 잃어버리는 것이 무서워서 차라리 죽어버리는 게 낫다고 생각했다.

엄마에게 전화가 왔다. 예쁜 우리 딸내미, 밥은 먹었니. 엄마에게서 처음으로 할머니의 모습이 느껴졌을 때가 떠오른다. 곱디곱던 나의 엄마. 한두 가닥 뽑던 흰 머리카락은 이제 뽑기에는 너무 많고, 예쁘던 눈웃음은 웃지 않을 때에도 눈가의 주름을 만들었다. 하얗던 피부는 약의 부작용으로 노랗게 변했다. 엄마의 배에는 수술 자국이 있다. 그 사이에서 내가 태어났다.

엄마도 젊은 여자였다. 그 젊음을 뜯어먹고 내가 태어났다. 나는 마치 처음부터 내 것인 양 호화롭게 젊음을 누려왔다. 하지만 이제는 나도 젊음을 내어주어야 한다. 엄마의 늙은이 냄새에 인상을 찌푸린 오만함에 벌을 받고 있다. 나는 언제까지 맑고 예쁘기만 할 줄 알았던 걸까, 바보같이.

나는 늙는 것을 두려워하지 않는 사람인 줄 알았다. 하지만 아니었다. 나이를 먹는 것이 좋아, 라고 말했던 것은 젊음을 가진 자의 오만이었다. 나는 이제 성장을 멈추었고, 시들어가는 과정밖에 남지 않았다. 예쁘고 어린 여자아이들이 티브이 속에서 방긋방긋 웃고 있었다. 아무것도 모른다는 얼굴로. 이젠 그 아름다움을 편히 볼 수가 없다. 나도 가지고 있었던 빛나는 웃음과 반짝이던 열정이 질투가 나서 견딜 수가 없다. 찬란하고 수줍던 어린아이가 질투와 두려움만 남은 노인이 되어가는 과정 속에 내가 있다.

몸 상태와 기분이 매일 다르다. 며칠 화장을 진하게 할 일이 있었는데 피부가 너무 답답했다. 얼굴의 결이 달라졌다. 이전엔 그렇게 보드라울 수가 없었는데, 이젠 피곤하거나 잠을 못 자면 확 티가 난다. 수영을 하고, 자전거를 타는데 무릎 안쪽이 아파왔다. 아픈 상태는 2주일 가까이 계속되었고 무릎에서 삐걱이는 녹슨 바퀴 소리 같은 게 났다. 운동장 열 바퀴를 달려도 아무렇지 않을 때가 있었는데……. 이제는 뼛속까지 낡아간다. 나이듦의 증거를 하나하나 들여다본다. 눈가의 주름과 무릎의 흉터, 손가락 사이의 굳은살, 피부의 탄력, 몸무게, 예전 같지 않은 체력, 수면 시간, 약과 영양제, 아픈 날의 빈도, 입맛, 말투, 버릇……. 모든 것이 늙어감을 증명한다.

늙어갈 바에는 죽어버리는 게 낫다는 생각을 하는 내게 무슨 미끼를 던져주어야 할지 생각해내야만 했다. 무슨 희망과 과제가 주어져야 계속 살아갈 힘을 낼 수 있을까. 매 순간 조금씩 늙어간다. 청춘이 아스라이 가는 것이 슬프다. 소중하고 소중한, 나의 찬란한 젊음을 시간에게 내어주고 있다. 어쩔 수 없다면 그 대가로 대단한 것을 얻어내야만 하는데, 그래야 덜 억울할 텐데……. 젊음을 내어주는 대신 나는 무엇을 얻을 수 있을까. 그러기 위해 나는 지금 무엇을 해야 할까.

손끝과 발바닥의 굳은살, 볼 위의 주근깨를 들여다보다가 떠올렸다. 산티아고 순례길. 스페인의 그 길을 천 킬로미터씩 두 번, 2천 킬로미터를 걸었던 적이 있다. 그때 발바닥에 수십 번 물집이 생기고 터졌다. 여정이 한 달쯤 되었을 때는 발바닥이 딱딱하게 굳었다. 햇살은 뜨거웠고 피부가 검게 탔다. 까무잡잡한 내 피부가 낯설었지만 나쁘지 않았다. 그때 주근깨가 생겼다. 눈 아래에 갈색 점처럼 찍힌 햇빛의 자국. 늙음의 증거라기보다, 내가 지나온 시간의 흔적이라고 생각해본다.

곳곳에 지난 흔적들이 남았다. 몇십 년 동안 먹어온 음식들의 잔재가 몸을 채웠다. 온갖 사물들의 찌꺼기가 남고 먼지들이 쌓였다. 햇빛은 얼룩을 남겼고 바람은 주름을 만들었다. 시간의 길이만큼 많은 이야기가 있다. 살아온 기록이 몸에 스며있다.

몸의 모든 것에 이유가 있었다. 손가락 끝에 굳은살이 있어서 기타를 치며 노래할 수 있다. 가운뎃손가락에 굳은살이 밸 만큼의 노력이 있었기에 지금의 그림을 그릴 수 있다. 세상에 부딪혀가며 수많은 사건과 사람들을 겪었다. 그것이 허무한 것이었다고는 생각하지 않는다. 상처는 아물고, 흉터가 남을지언정 새살로 채워졌다. 시간 또한 마찬가지다. 지난 시간이 있었기에 지금의 내가 있다. 지금도 과정의 한때일 뿐이다. 분명 언젠가, 오늘의 나를 아쉬워하는 더 늙은 내가 있을 것이다. 누구든 피할 수 없다. 인간의 육체는 낡는다. 영원한 시간이 없기에 영원한 젊음도 없다. 언제까지 어린아이일 수 없어서 청년이 되었듯, 언제까지 젊은이일 수는 없다.

어제 먹은 햄버거를 후회하며 망원시장에서 사과를 샀다. 두 개에 1,000원짜리 사과가 있었지만 한 개에 1,000원짜리 사과를 골랐다. 아삭, 하고 사과를 베어물어 먹으며 작업실로 갔다. 평소보다 커피를 연하게 내렸다. 옥상에 내어둔 고양이 밥을 들여다보고, 책상 옆에 놓아둔 화분을 테라스에 내놓고 물을 줬다. 잎사귀를 따라 물방울이 떨어진다. 시들어가던 잎사귀가 조금 진한 초록색을 띤다.

사과와 커피.
건강과 젊음.
운동과 잠.
생활의 리듬.

책상 앞에 앉아 그런 것들을 적었다. 읽어야 할 원고를 프린트했다. 꽤 두껍다. 연필로 줄을 치며 읽고, 어떤 그림을 그릴지 생각했다. 할 일들이 쌓여 있다. 이렇게 하루가 가고 이틀이 가고, 금세 한 달이 갈 거다. 그렇게 열두 번, 또 1년. 또 한 살 나이를 먹고, 그렇게 늙어가겠지. 살아가겠지.

바람이 불어올 때가 되었을 뿐

집을 떠나게 되었다. 나가달라는 집주인의 연락을 받고서야 깨달았다. 이 집에서 4년이나 살았다는 것을. 이사 가고 싶다는 생각은 단 한 번도 하지 않았다. 처음 들어왔을 때의 배치와 구조를 한 번도 바꾸지 않은 채로 지금까지 살았다. 그만큼 이 집에는 아쉬움도 불만도 없었다. 넓고 좋은 집이어서가 아니다. 6평짜리 낡고 작은 방 한 칸을 위해 4년간 꼬박꼬박 월세를 냈다. 혼자 살기 충분했고, 아늑했다. 내게 편안하고 좋은 것들로 채워졌다. 처음으로 온전한 나만의 집. 처음으로 맘 편히 쉴 곳이다, 라고 생각했던 이곳에 머물 시간이 한 달 남짓 남았다.

누군가에게는 허름한 옥탑방이겠지만, 나는 이 집을 무척 사랑했다. 그런 집을 떠나려고 하니, 무척 쓸쓸해졌다. 하지만 얼른 이사 갈 집을 찾아야 했다. 그간 조금 더 모은 보증금과, 조금 더 비싼 월세를 감안하며 새로운 집을 찾기 시작했다. 좀더 넓고, 좀더 좋은 곳에 가고 싶은 욕심이 들었다. 조급해졌다.

그러자 불과 얼마 전까지만 해도, 이 작은 옥탑방을 떠날 생각이 없었을 때에는 변하지 않을 것만 같은 이곳이 달라지기 시작했다. 갑자기 벽에 곰팡이가 번져올랐다. 처음으로 계단에서 미끄러졌다. 화장실 수도관이 막혀 물이 넘쳤다. 바닥이 우그러들기도 했다. 아늑하고 편안하던 집이 하루아침에 불편해졌다. 이상했다. 집이 나를 밀어내고 있었다.

그래, 나갈 때가 되긴 됐지! 하며 새로운 집을 찾아다녔다. 하지만 쉽게 마음에 드는 집을 발견할 수는 없었다. 나는 이것저것에 욕심을 냈고 분수에 맞지 않는 좋은 집들만 눈에 들어왔다. 4년 전에는 하늘을 볼 수 있는 곳이면 된다, 그 조건뿐이었는데.

어찌어찌 힘들게 집을 구했다. 무려 네 배의 보증금을 보태서 5층의 투룸을 계약했다. 계약하는 날, 나는 이사 갈 집을 어떻게 꾸밀지를 상상하느라 신이 나서, 아무것도 손에 잡히지 않을 지경이었다. 친구와 며칠 내내 새로운 집에 대한 환상과 기대들을 이야기했다. 집안일에 소홀해졌다. 책상 위에는 물건들이 쌓여만 갔고 떨어진 커튼이 대롱거리는 채로 놔두었다. 어차피 여길 떠날 테니까, 하는 마음으로 잠만 잤다. 그렇게 새로운 집으로 이사 갈 날만을 기다렸다.

이사 이틀 전, 짐을 정리하기 시작했다. 처음에는 쓰레기들을 버리기 시작했다. 말도 안 되는 부피로 버릴 것들이 쏟아졌다. 웬만한 건 다 버리고 갈 셈이었다. 그런데 버릴 수 없는 것들도 잔뜩 있었다. 세 권의 내 책과, 내 그림이 들어간 여섯 권의 책. 소로우와 니어링 부부, 하루키의 에세이. 그동안 그려온 수십 권의 스케치북과 메모장. 네팔에서 사 왔던 종이전등. 제주도 바닷가에서 샀던 은색 장식품. 친구에게 선물 받은 신발과 모자들. 늘어날 대로 늘어나버린 잠옷…….

그리고
당신이 놔두고 간 옷가지와
당신이 내게 주었던 손편지들.

주방 입구에 당신과 나의 키를 잰 연필 자국이 흐릿하게 남아 있었다. 우리의 키는 십몇 센티 차이. 그래서 품에 꼭 맞춘 듯 안겼던 당신에 대한 기억. 가져갈 수 없는 추억. 이제는 지워질 흔적.

그랬다. 나는 이 집에서 사랑을 했다. 내 집에 당신이 있었다. 함께 밥을 먹고 잠을 잤다. 당신도 이 집의 일부였다. 그 어디보다 편안한 나의 집에서, 그 누구보다 사랑하는 당신이 함께였다. 그런 집이었다.

연필 자국을 지웠다.

손편지를 버렸다.

,

사랑에는 유효기간이 있는 것일까.

아니면

사랑의 정도가 부족했을까.

/ 외로워서 연락했어
/

E, 하고 말을 건네고 싶다. 가끔 페이스북에 접속중인 너의 이름을 볼 때마다 떠오른다. 너의 숨결, 낯선 냄새, 허공에 떠돌던 대화, 그럼에도 너를 안고 싶던 마음.

그때의 기억 또한 그랬다. 외딴 마을이라 숙소가 아닌 현지인의 방에서 여러 명이 모여 자야 했다. 이불을 돌돌 감고 잠든 내 옆에 E가 있었다. 사람들은 다들 코를 골며 잤고 우리는 숨죽여 소곤소곤 이야기를 했다. 누군가는 우리의 웃음소리에 잠을 설쳤을지도 모른다. 그러다가 나도 잠이 들었고, 새벽에 문득 깨어보니 얼굴 아주 가까이에서 E의 숨이 느껴졌다. 속눈썹을, 입술을, 피붓결을, 자고 있는 너의 얼굴을 한참 바라봤던 것 같다. 손끝이 살짝 닿아 있었다. 솜털이 느껴질 정도로 아주 얕게 스쳐 있을 뿐이었는데, 그 부분만 맥박이 뛰는 것처럼 온

신경이 집중되었다. E의 온도가 뜨겁게 느껴졌다. 내 심장 뛰는 소리를 들킬까봐 손을 빼내고, 가슴 안쪽으로 숨겼다. 눈을 꾹 감았다. 어느새 다시 잠들고, 또 한번 깨었을 때 나는 E의 품에 꼭 안겨 있었다.

처음의 기억을 떠올려보면 너는 말투가 거칠었고 예의가 없어 보였다. 별 이야기도 하지 않았는데 금세 말을 놓고 이름을 불러댔다. 불편했다. 하지만 며칠을 함께 여행하면서, 의외로 꽤 귀여운 모습들을 내게 보였다. 너는 동물들을 매우 예뻐하는 사람이라는 것을 알았다. 네가 조금씩 편해졌다. 너와 이야기하는 시간이 조금씩 더 길어졌다. 산책하듯, 산길을 천천히 오르면서 너는 쑥스러운 듯 너의 이야기를 했다. 나는 사실 앞으로 이런 것들을 하고 싶어. 의외의 이야기였다. 따뜻한 사람이구나 생각했다. 문득 너의 손을 잡고 싶다는 생각을 했었다. 그뿐이었다. 몇 년이 지나고, 혼자인 서울에서 나는 문득, 너를 만나고 싶다고 생각했다.

그렇게 다시 너를 만났다. 너 또한 그랬는지 우리는 자연스럽게 함께 잤고 밤을 보냈다. 네가 나를 끌어안을 때가 생생하게 떠올랐다. 그때 느꼈던 심장 소리와 같았다. 조금은 빠르게, 쿵, 쿵, 쿵. 아찔할 정도로 깊숙이, 안쪽까지 들어오는 박동 소리에 나도 덩달아 심장이 빨리 뛰었다. 가슴 위로 포갠 두 손에 내 심장박동이 그대로 전해졌다.

“심장이 터질 것만 같아.”

잠시 후에 너의 숨이 깊이 들어왔다. 숨이 막힐 듯 길고 진하게. 그때와 같았지만 그때와는 달리 우리 둘뿐이었다. 심장을 포개고 숨을 맞대고, 너는 나를 더 가까이 안았다.

하지만 다음날, 우리는 잘 들어갔냐는 인사조차 하지 않았다. 늘 그랬다. 잠시 함께했지만 각자의 여행을 계속했고 각자의 삶을 살았다. 몇 년 동안 안부조차 묻지 않았다. 이번에도 마찬가지다. 너의 품에 안겨 하루를 깊이 잠들었지만, 다음날이면 너의 이름조차 지우고 살아간다. 너를 좋아하긴 하지만 좋아하지 않는다. 좋아할 자신이 없다는 것이 더 솔직한 마음이다. 너는 지나치게 예민하고 때로 어렵다. 가끔은 종잡을 수 없는 태도를 취한다. 너를 남자친구로 받아들일 생각은 없다. 너를 만나면 내가 힘들 것 같아서, 너를 좋아하게 되면, 외로울 것 같아서.

하지만 나는 외로울 때 너를 떠올린다. 아파서 쓰러지기 직전에 찾는 진통제처럼, 외로움에 지쳐 참을 수 없을 때가 되어서야 네가 생각난다. 너를 안고 싶다. 하지만 그건 가끔뿐이다. 또다시 외로움이 덜어지면 나는 네가 필요하지 않을 것이다. 너 또한 그렇다는 것을 알고 있다.

나를 좋아하지 않잖아, 라고 했을 때 너는 애매하게 아니야, 라고 말했다. 좋아한다는 말은 하지 않았다. 너도 나와 같다. 우린 그저 외로움에 휩쓸려 서로를 안았을 뿐이다.

잠이 오지 않는 새벽에 네가 떠오른다. 지금은 너를 만날 생각이 없다. 너에게 연락할 용기도 없다. 네가 나를 어떻게 생각하는지는 중요하지 않다. 네가 생각나는 때는 내가 외로울 때라는 사실이 슬프다. 너 또한 그럴 테니까, 우리는 행복할 때 서로를 찾지 않을 것이다. 외로움이 극에 달해서야, 잘 지내? 라고 한마디 던져볼 뿐이겠지. 그러면 나는 아무렇지 않은 척하며 응 잘 지내, 하고 대답할 것이다. 그리고 한참 아무 말이 없다가, 뒤늦게 너는? 잘 지내? 라고 물어볼 것이다. 그렇게 허공에 떠도는 대화를 이어나가다가 누군가 한 명이 그제서야 보고 싶다, 라고 말하겠지. 그 보고 싶다는 말은 나를, 너를 보고 싶다는 것이 아니다. 외로움이 그런 말을 불러일으킨다. 필요한 것은 너의 이름과 너의 존재가 아니라, 너의 숨결과 너의 커다란 품, 따뜻한 손길 같은 것들이라서. 그것뿐이라서.

혼자여서 외로움이 깊을 때, 더이상 어찌할 수 없을 때.

너에게 연락해도 될까, 너를 떠올려도 될까. 그래도 괜찮을까.

,

새벽 한시가 되면 네가 내 침대로 찾아왔다가
해가 뜨기 전에 돌아갔으면 좋겠어.
우리의 시간은 그뿐,
너를 사랑할 수 있는 건 고작 그만큼.

친구만 아는 비밀

"나 어제 걔랑 잤어."

"미친년. 많이 외로웠구나."

친구는 나를 욕하는 동시에 등을 다독였다. 엄마에게도 말하지 못할 것들을 친구에게는 다 털어놓게 된다. 내가 잘하고 있지 않다는 것을 알지만 친구의 공감이 필요했다. 내가 나쁜 짓을 한 건 아니지만 꾸짖어줄 사람이 필요했다. 철없던 시절 지난 연애를 모두 아는 친구. 술 한 잔도 못 마시는 내가 술에 취하면 어떻게 되는지도 알고, 어떤 취향의 물건을 좋아하는지도, 어떤 남자를 좋아하는지도 다 안다. 생글생글 웃는 내 웃음 뒷면에 어떤 우울함이 감춰져 있는지를 안다.

마찬가지로 나도 친구의 연애를 알고 있다. 친구는 한 남자와

긴 연애를 했고, 그 남자도 내 친구였다. 그 둘은 처음엔 악연으로 시작되었다. 나는 그 남자를 욕했다. 너 그놈 만나기만 해봐, 신신당부를 했을 정도로. 하지만 남녀관계라는 게 그렇듯, 그 둘은 연애를 시작했다. 그놈과 만난다는 이야기에 한숨을 쉬며 그래, 그래도 잘됐다, 라고 이야기해줄 수밖에 없는 게 우리였다. 나는 어쨌든 친구 편이기에.

남자들은 모를 것이다. 우리가 어떤 이야기들을 속닥속닥 다 공유하고 있는지. 좋았던 이야기는 물론, 나쁜 이야기는 당연하다. 기념일에 어디의 어느 호텔에 갔는지, 어떤 콘돔이 괜찮은지부터, 섹스에 대한 고민까지도 대화의 주제였다. 연애 상대를 조롱하고 놀리는 것이 아니다. 우리는 늘 진지했다. 그 호텔의 분위기가 어땠기에 그날이 무척 로맨틱했음을 이야기하거나, 섹스할 때 그의 행동에 아쉬움을, 때론 진심 어린 사랑을 느꼈음을 이야기하는 것이다.

오히려 가볍게 만나는 상대에 대해서는 굳이 입에 담지 않지만 사랑하는 사람에 대해서는 시시콜콜 친구에게 이야기하곤 한다. 이야깃거리라기보다는, 회의를 하거나 상담을 받는 것에 비슷하다. 이 남자의 이 행동은 왜 이런 것일까? 이런 말은 어떤 의미일까? 이런 상황에서는 어떻게 해야 할까? 하고 정보를 공유하고 이해를 얻는 것과 같다. 그렇게 여자의 연애는 또다른 여자의 연애를 거치고 지나 변화한다. 보통은 좋은 방향으로, 때론 나쁜 방향으로 흘러가기도 하지만.

힘든 밤, 친구에게 전화를 했다. 나 S가 너무 보고 싶어, 하며 엉엉 울었다. 친구는 에구 어떻게 하니, 하며 나를 다독였다. 잠시 볼까? 우리는 편의점에서 캔맥주와 음료수, 과자를 사서 바깥에 앉아 이야기를 했다. 내 기억 속에 좋은 것만 남아 그리운 기억과는 달리, 친구는 냉정하게 기억하고 있었다. 헤어지기 전에 그가 나에게 했던 잘못들과 내가 실망했던 사건들, 내가 힘들어하고 지쳐했던 마음들까지. 나는 까맣게 잊고 있었다. 이전에 내 입으로 내가 친구에게 말해두었던 것들이었다. 친구는 내가 감춰두었던 감정의 상자들을 하나둘씩 대신 꺼내주었다. 모두, 지난 시간 친구에게 잠시 맡겨두었을 뿐이었다. 이렇게 냉정해지지 못하는 때를 대비해서. 친구는 혼자 속 끓는 나에게 제삼자의 입장으로 객관적인 이야기를 해주었고, 울먹거리는 나에게는 내 편이 되어 등을 다독여주었다. 나는 그날 밤 편히 잠들 수 있었다.

연애는 둘만 아는 것이라고 하지만 둘만의 것이기 때문에 객관적으로 보기 힘들 때가 있다. 그것이 어떤 색으로 변했는지, 구석에 뭉쳐 고여 있지는 않은지 알기 힘들 때 친구에게 도움을 요청한다. 내 연애가 잘 흘러가고 있는지 물어본다. 친구는 자신의 연애를 토대로 이야기한다. 듣다보면 친구의 연애 곳곳에 내 흔적이 보인다. 친구 또한 나에게 물어봤었고, 나도 지금의 친구처럼 이야기를 들어주었다. 그래서 성격과 성향이 다른 친구와 오히려 더 돈독한 사이가 되기도 한다. 내가 가지지 못한 부분들과 생각들을 친구에게서 배운다. 내 스스로 판단하기 어려운 상황에 친구는 조언자인 동시에, 나를 비추어보는 거울이 된다. 우리는 함께 연애하며, 성장하고 있다.

친구의 연애를 보면서 때로 부러움을 느꼈다. 사랑받는 모습이 한없이 예쁜 내 친구. 사랑하는 모습이 행복해 보이는 내 친구. 나 또한 친구가 부러워할 만한 좋은 연애를 하고 싶다. 하지만 좋은 연애, 말처럼 쉽지가 않다. 하지만 괜찮다. 내가 좋은 연애를 하건, 망할 연애를 하건, 친구는 내 옆에 있어줄 테니까. 미친년, 외롭구나 하고 등을 다독이면서.

/ 사랑 없는 침대
/

L이 나에게 미안하다고 했을 때, 나는 뭐가 미안하냐고 물어보았다. 그 사람은 더이상 의도치 않게 남에게 상처를 주는 것이 두렵다고 했고, 자신이 잘못 살고 있다는 사실이 힘들다고 했다. 죽는 게 나을 것 같기도 하다고 말했다.

난 웃어버렸다. 상처를 받는 것도 기대하는 것이 있어서다. 나는 그에게 바라는 것이 없었기에 상처가 없었다. 그가 어떻게 생각하든, 어떤 이유로 그런 행동을 했든 상관없었다. 집에 조심히 가요, 술 먹고 오토바이 타지 말고 택시 타, 하는 내 말에 L은 내가 알아서 할게, 걱정하지 마, 라고 말했다. 그 말에 나는, 사고가 나서 다치거나 죽으면 많이 슬플 테니까 그래도 걱정은 하게 해줘요, 라고 대답했다.

어차피 나도 죽고 그도 죽겠지만, 그의 말처럼 걱정은 스스로 하는 게 효율적일 수도 있겠지만. 상처 주기 싫으면 애초에 인연을 만들지 않는 게 나을 수도 있지만. 그래도 연이 닿았던 사람이 죽으면 많이 슬픈 것은, 결국 내 감정이니까. 내 인생에서 슬픈 순간이 될 테니까. 아무리 사랑하지 않는 사람이라고 할지언정 누군가가 슬퍼하고 상처받는 것은 내게도 아픔이 된다.

나는 삶이, 참 아름다운 것이라 생각한다. 세상엔 너무나 아름다운 것이 많고, 멋지고 행복한 일투성이니까. 하지만 그만큼이나 슬프고 지독하게 더러운 것이 많기도 해서 삶이 쓰레기 같은 것이라 생각하게 되는 때도 종종 있다. 그래, 담배를 피우다가 폐가 썩어 죽는 것도, 한강에 뛰어들어 몸이 부르터서 죽는 것도 결국 같다. 결국은 땅속에서 썩어 문드러져 흙이 되어버릴 뿐이다. 죽고 나면 모두 같다. 하지만, 죽기 전에 조금 더 행복할 수 있다면, 찰나를 사는 동안만이라도 그럴 수 있다면 그래도 좀더 나은 삶이 아닐까.

내 곁에 아무도 없다고 생각하는 것도 내가 그 사람들을 멀게 느끼기 때문이다. 내 곁엔 늘 누군가가 있었고 누군가의 곁에 내가 있다. 그가 말했다. 품에 안고 다독여줄 누군가가 필요했는데 아무도 없었다, 너밖에 연락할 사람이 없었다, 너는 쉽게 나를 안아줄 거라 생각했다. 나는 그 말에 또 웃음이 났다.

위로가 필요한 사람을 내치는 것보다 외로울 때 이용당해주는 타인이 되는 게 낫다고 생각했다. 잠깐이라도 그의 삶이 괜찮기를 바랐다. 나로 인해 아주 조금이라도 덜 외로울 수 있다면, 그걸로 됐다. 내가 상처받지 않을 자신이 있다면, 그 정도는 쉬운 일이었다.

나는 사랑이 좋다. 그냥 연애 말고, 사랑. 섹스가 끝나도 떠나지 않는 사랑. 안아주고 안겨 있을 수 있는 그런 사람과, 좀 더 잘 살고 싶다는 희망을 만들어내는 그런 사랑. 사랑을 위해서라면 죽을 만큼 상처 입는 정도의 대가는 치를 수 있다. 그는 나에게 상처를 줄 수 없었다. 그를 사랑하지 않기에. 그래서 안아주는 것 정도는 할 수 있었다. 그와 달리 나는 섹스할 사람이 필요한 게 아니었다. 등을 쓰다듬으며 심장을 맞대고 함께 잠들어줄, 그런 사람이 필요했다. 만약, 그날 밤 그가 그랬었다면, 나는 그를 사랑했을지도.

,

우리는 외로운 사람이었을 뿐이고
등을 돌리고 침대에 누워 각자의 잠을 청하며
다시금, 외롭다고 느꼈다.

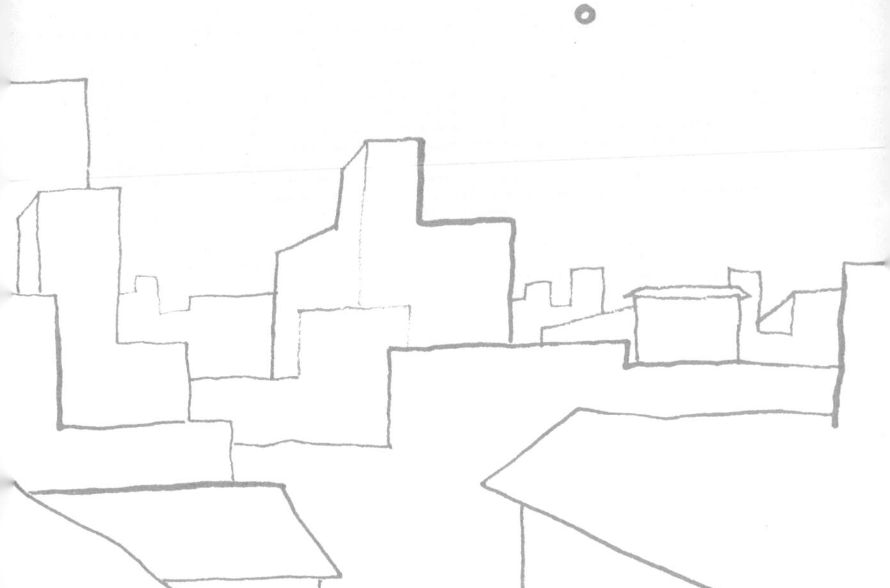

사랑, 셋

/

J

/ 사람 인연은 어찌될지 모른다니까
/

내가 기억하던 사람이 아니었다. 낯선 남자가 나를 기다리고 있었다. 기억과는 많이 달라졌지만 그래도 서로를 알아볼 수 있었다. 반갑지만 어색함이 스민 인사를 나누었다. 놀란 표정을 미처 숨기지는 못했던 것 같다.

J와의 기억은 흐릿했다. 우리는 5년 전, 이집트의 북쪽 어느 바닷가에서 만났다. 나는 그곳에 한 달 정도 머물고 있었고, 1년 넘게 여행하던 즈음이었다. 내가 지냈던 유명한 숙소에는 다양한 여행자들이 오고갔다. 한국 사람들도 많았다. 일주일에 한 번은 새로운 무리들이 왔고, 많은 사람들을 만났다. 나는 장기 숙박자의 특권으로 가장 위층의 바다가 보이는 방에서 지내고 있었다. 모두가 탐내는 방이었다. 창문 밖으로 홍해가 환히 보였다. 수평선 위로 해가 뜨고 지는 풍경을 고스란히 혼자 누릴

수 있었다. 방이 너무 좋아서 주로 혼자 방에서 시간을 보냈다. 그림을 그리거나 책을 읽었다. 끼니때가 되면 사람들과 함께 밥을 먹는 정도였다. 한 무리가 떠나자 어김없이 새로운 여행자가 찾아왔다. 친구 셋이서 이집트 여행을 왔다고 했다. 대학교 재학중이라니 나보다 세 살 정도 어리겠구나 생각했고, 누나 동생 하자며 인사를 나누었다. 나는 다시 방에 들어갔고 그들은 뭐, 알아서 놀았을 것이다.

정확하게는 기억나지 않지만 어떤 에피소드가 있었다. 그 친구들이 이름 모를 생선 한 마리를 구해왔고 그걸로 요리를 하겠다고 했다. 그들 셋에 또다른 여행자 둘, 남자 다섯 명이 요리를 했다. 커다란 냄비에 물을 끓이고, 생선을 넣고, 고춧가루인지 고추장인지를 대충 풀고, 양파를 넣고 생선이 들어간 탕을 끓이고 있었다. 매운탕이라고 말하기엔 조금 그런, 먹을 수 없는 무언가가 만들어졌다. 멀리서 지켜보다가, 안 되겠다 싶어져 간장과 조미료 등등을 구해서 내가 다시 끓이고 요리를 조금 손보았다. 놀랍게도 제대로 된 매운탕이 되었다. 무척 맛있었다. 모두가 기뻐하며 배불리 먹었다. 다음날 다시 모여 아침인가 점심인가를 같이 먹었던가 그랬다.

그 친구들도 떠나는 날이 되었다. 나는 계속 남기로 했기에 안녕 인사를 하러 나갔다. 이상하게도, 그 순간만은 선명하게 기억난다. 커다란 지프차에 열몇 명이 가득 타게 되어서, 이 친구들은 뒷문을 연 채로 트렁크에 쪼그리고 앉아 있었다. 차가 출발하려는데 한 명이 손을 크게 흔들며 내게 말했다.

"여행 무사히 잘하세요, 한국에서 만나요."

그였다.

내가 한국에 돌아온 지는 꽤 되었고 J도 지방의 대학교를 졸업한 지 한참. 하지만 안부 한번 물어본 적이 없었다. 그저 웹상의 소식을 통해 잘 지내는구나, 아는 정도. 우연히 연락이 닿았고, 그도 서울에 살고 있다고 했다. 며칠 후에 밥이나 한번 먹자고 했다. 그렇게 5년 만에 그를 만났다. 뜨거운 이집트의 바닷가에 이어, 가을바람이 부는 서울의 혜화역이었다.

세 살 아래로 알고 있던 그는 나와 생일이 1년도 채 차이 나지 않았다. 함께 여행한 친구들은 동생이라고 했다. 정말 아는 것이 별로 없는 사이였다. 여행 이야기를 하다보니 터키 음식점에 들어갔다. 그리고 맞은편에 앉아 있는 낯선 남자를 보면서 생각했다. 왜 이 사람과 내가 밥을 먹고 있지? 예전에 무슨 이야기를 했더라? 시간이 진짜 많이 흘렀구나 하면서 케밥이 입으로 들어가는지 어떤지, 맛도 제대로 모르고 먹었다. 낯선데 분명 만난 적이 있는 사람. 아는 사람인데 내가 아는 것과 다른 사람. 그도 내게 말했다. 그때와 느낌이 많이 다르다고. 그때는 둘 다 후줄근한 배낭여행자였음을 이야기하며, 터키 레스토랑에서 이집트를 추억했다.

우리는 그날, 이집트의 기억을 시작으로 각자의 여행 이야기도 하고, 근황부터 자질구레한 것들까지 많은 이야기를 했다. 대학로 뒷골목을 돌아다니면서, 시청 광장과 광화문 거리를 걸으면서, 교보문고 뒤편 벤치에 앉아서, 홍대로 넘어와 연남동 공원 근처에서까지, 새벽이 올 때까지 이야기를 했다.

솔직히 나는 다시 만난 첫 순간부터 그에게 설렜던 것 같다. 동생으로 기억하던 사람이 번듯한 남자의 모습으로 나타났으니까. 넓은 어깨와 큰 키, 단단한 생김이나 어른스러운 말투까지 내가 좋아하는 면들이 많았다. 나중에 그가 말해주었다. 그날 나를 만나고, 이 여자에게 좋아한다 고백하겠구나 생각했다고. 사실 나도 그랬다. 이 남자와 만나게 되겠구나, 예감했다. 이집트에서 만났을 때는 상상조차 할 수 없던 일이었다. 사람 일은, 사람 인연은 정말 모른다. 정말 사랑이란 건, 도저히 알 수가 없다.

/ 내 방 갈래요?

/

영화를 보고 나온 명동 길거리는 한산했다. 조금은 생소한 러브스토리의 영화를 보고 나온 우리는 막연히 걷기 시작했다. 영화에 대한 감상은 없었다. 방향이나 정해진 목적지 없이 인도를 따라 걸었다. 건널목을 두 번 건너고 차들이 빠르게 달리는 큰길을 몇 번 지나, 광화문 거리를 하염없이 걸었다. 우리가 처음 손을 잡았던 길이었다. 그때 갑자기 손잡아서 나 되게 놀랐었는데, 라고 내가 말했고 너는 씨익 웃기만 했다. 학창 시절 이야기, 예전 살던 동네의 풍경, 교보문고가 좋은 이유 같은 것들을 한참 이야기했다. 일민미술관 1층 카페에 아이스크림 와플이 맛있어, 이야기할 때쯤 덕수궁 정문이 보였다. 저 안쪽 미술관에서 봤던 팀 버튼 전시 이야기를 하면서 그쪽으로 갔다. 덕수궁 돌담길이 참 예뻤다. 또다른 커플이 우리처럼 천천히 걷고 있었고 경찰 두 명이 순찰을 돌고 있었다. 네가 저쪽으로 가볼까? 하고 야트막한 언덕을 가리켰다. 곳곳 옅은 조명이 켜진 정원에는 정체 모를 조각상들만이 있었다. 가을바람에 나뭇잎이 흔들렸다.

두번째 벤치가 나오자 J는 내 손을 잡아끌어 나란히 앉았다. 한참을 앉아서 하던 이야기를 마저 하다가 대화가 끊겼다. 어둡고 조용했고, 나뭇잎이 흔들리는 소리만 들려왔다. 괜스레 어색한 기분에 나는 하늘만 한참 쳐다봤다. J가 나를 힐끔힐끔 보는 게 느껴졌지만 모른 척했다. 고개를 내려 너를 바라보자 눈이 마주쳤고, 그때 네 얼굴이 가까워졌다. 순간 나는 몸을 살짝 뒤로 뺐지만, 네가 내 어깨를 살며시 잡아당겼다. 키스는 낯설었고 살짝 몸이 떨렸다. 심장이 빠르게 뛰었다. 한참을 입술을 맞대었다가 떼었을 때, 너무 좋다, 라고 네가 말했다. 나는 약간 숨이 차서, 얼굴이 새빨개졌던 것 같다.

손을 꼭 잡고 다시 내려가면서, 너 뽀뽀하려고 올라가자고 했지? 라고 묻자 알면서 올라온 거 아니었어? 라며, 너는 또 한 번 씨익 웃었고 나는 깔깔 웃고 말았다. 아까 순찰을 돌던 두 경찰이 우리를 힐끔힐끔 쳐다보았다. 나쁜 짓 한 거 없어요, 라고 중얼거렸다.

시청은 우리 둘의 집 중간 지점이었다. 이미 버스도 지하철도 끊긴 늦은 시간이었다. 큰길로 내려오자 빈 택시들이 여러 대

지나갔다. 헤어지기 아쉽다고 생각했다. 그때 네가 말했다.

"내 방 갈래?"

나는 10초 정도 머뭇거리다가 그래, 라고 짧게 대답했다. 택시는 바로 잡혔고 계속 손을 꼭 잡은 채로 택시를 탔다. 택시는 휑한 도로를 빠르게 달렸다. 겨우 15분 남짓 걸려 도착한 집은 정리되지 않은 상태였다. J는 허둥지둥 옷가지들을 발로 걷어가며 대충 치웠고 나는 무릎을 붙이고 소파에 곱게 앉았다. 눈으로 방 이곳저곳을 훑었다. 스킨 로션은 저걸 쓰는구나, 커튼 색깔이 단정하네, 평소 정리정돈을 잘 안 하는군, 그런 생각을 했다. 뻘쭘하게 앉아 있는데 네가 와서 옆에 앉았다. 같이 올 줄 알았으면 좀 치웠을 텐데, 라고 말하며 네가 씨익 웃었다. 계획된 것은 아니었군, 혼자 생각했다. 그 생각과 동시에 네가 다시 가까이 다가왔다. 아까와는 달리 깊고 진했다. 이번엔 내가 너의 어깨를 끌어당겼다. 나는 두 팔로 너의 목을 감쌌고 너는 내 얼굴을 감쌌다. 얼굴에서 목으로, 가슴으로 손이 빠르게 내려왔다.

'나 오늘 무슨 속옷을 입었더라.'

혀와 입술을 떼고, 너는 내 허리를 감싸는 동시에 나를 번쩍 들어 안았다. 나는 새빨개진 얼굴을 손으로 가렸다. 깔깔 웃음이 났다. 침대에 눕기가 무섭게 금세 원피스가 벗겨졌다. 속옷 차림으로 누워 불은 끄자, 라고 말했다. 방의 불을 끄고 주황색 은은한 조명을 켜면서 이걸 쓰는 날이 오는구나, 하며 또 네가 웃었다. 금세 알몸이 된 나는 조금 긴장했다. 네가 조금 급한 듯이 내 몸을 만졌고 나는 생각했다. 역시 처음은 꽤 부끄럽구나. 처음 하는 섹스는 아니지만, 연인과의 첫 섹스는 항상 두근거린다. 낯선 손길이 내 은밀한 지점까지 닿고, 낯선 어깨와 가슴을 끌어안을 때는, 부끄러운 내 모습이 상상된다. 나는 지금 어떤 표정일까.

첫 섹스는 조금 아팠다. 긴장한 탓이었던지 오랜만이어서였는지, 아래쪽이 뜨거웠다. 거울을 보니 눈화장이 잔뜩 번져 있었다. 제대로 씻지도 않고 해버렸네, 걱정을 하며 몸을 씻었다. 네가 문틈으로 수건을 건넸다. 몸을 다 가리기에는 수건이 작았다. 살짝만 가리고 나와 네 티셔츠를 빌려 입었다. 헐렁했다. 맞는 바지는 없었다. 티셔츠에 팬티만 입고 다시 침대에 무릎을 붙이고 앉았다. 편한 옷으로 갈아입고 온 네가 나를 꼭 안아줬다. 우리는 나란히 누워 이런저런 이야기를 했다. 조금 더 너를 알고 싶다고 생각했다.

,

나는 당신을 몰라요.
그래서 더 당신을 원해요.

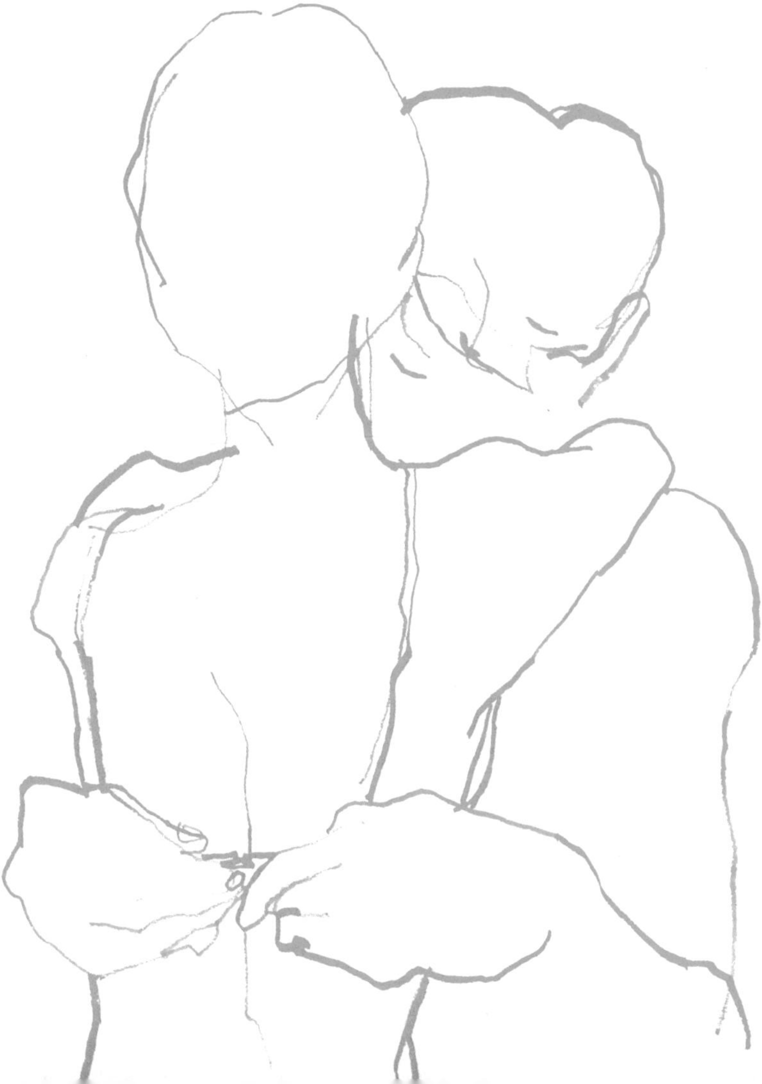

/ 사랑은 늘 무서워요
/

"남자한테 맞으면 아프겠지?"

이상한 질문이었다. 당연히 아프겠지, 어깨를 주물러주는 그의 손이 조금 아팠다. 아무리 살살 해달라고 해도 아팠다. 그가 거의 힘도 안 주고 있는데…… 라고 했다. 그럼 힘을 쓰면 어느 정도인 걸까. 상상이 되지 않는다.

'다행히도' 나는 아직 남자한테 맞아본 적은 없다. 기본적으로 여자보다 남자의 힘이 훨씬 세다. 어느 날 그가 예뻐죽겠다며 나를 꽉 끌어안았다. 순간 악, 비명소리가 나왔다. 아파서 화가 났다. 화를 낼 수가 없어서 눈물이 났다. 그는 어리둥절했다. 그냥 좋아서 안았을 뿐이랬다. 알지만, 아팠어. 그는 잘 모르겠다는 표정으로 마지못해 미안해했다. 몇 번 그러고 나서야 그는 조심스럽게 행동했다.

남자의 힘이라는 것이 무척 세다는 걸 인지한 이후에는 자주 멈칫, 하곤 했다. 섹스 또한 그랬다. 아팠다. 시간이 길어지거나 속도가 빨라지면 아파왔다. 그럴 때 그만, 이라고 하는 것이 진짜 그만해달라는 표현이 아니라고 생각하는지, 대체 왜 내숭이라고 생각하는지. 그만이라는 말에 바로 멈춘 경우는 몇 없었다. 진짜 아파, 라고 하고 나서야 그만두었다. 물론 진짜 아파, 라는 말에도 그만두지 않는 미친놈도 있었다.

섹스를 할 때 어떤 행동을 취하는지에 따라 그 사람의 많은 것들이 보인다. 나를 사랑하는지, 섹스 상대로만 생각하는지의 단순한 양면의 판단이 아니다. 배려와 이해, 표현 방식과 내면의 진심. 그런 것들이 하나하나 속을 드러낸다. 평소에는 상냥하게 나를 보듬다가도 섹스할 때만 되면 싸구려 표현에 거친 행위를 일삼는 사람도 있었다.

물론 상대의 섹스 판타지를 수용하려는 경우의 수도 있다. 강제적인 듯한 상황에 더 흥분을 느낀다면, 그것에 맞춰줄 수도 있다. 하지만 어디까지나 그런 척이어야 한다. 진짜로 강제적인 관계는, 더이상 연인의 것이 아니라 범죄다. 여자는 어쩔 수 없이 쾌락보다는 통증이 큰 경우가 많고, 늘 위험의 여지가 있다. 반드시 최소한의 경계선은 가져야 한다.

솔직히 말해, 좋지 않아도 좋은 척하는 것에 익숙하다. 아프다고 말하는 것이 어려울 때가 있었었다. 어리고 익숙하지 않을 때의 나는 더 바보같았다. 섹스가 끝나면 아래쪽이 얼얼하게 아파왔다. 눈물이 찔끔 나는데도 괜찮은 척했었다. 눈치 없이 또 손길이 닿으면, 나는 그만두라는 말을 하기가 어려웠다. 그것을 거부해도 된다는 걸 그때는 몰랐다.

어느 외국 코미디언이 그런 이야기를 했더랬지. 여자들 미친 거 아니냐고. 당신들에게 제일 해롭고 위험한 존재인 남자를 만나서 어떻게 데이트를 할 수 있지? 여자들이 남자를 만날 때는 엄청난 위험부담을 안고 만난다는 것을 남자들이 알아야 한다고. 그렇다. 물리적인 힘으로든 무엇으로든, 남자가 두렵다. 어두운 밤 길목에서 따라오는 남자와 내 옆의 남자친구가 별반 다르지 않다고 느껴질 때가 있다. 내가 앞서 말했다. '다행히' '아직' 남자한테 맞아본 적은 없다고. 사실은 항상 조심스럽다. 언젠가 그런 상황이 닥칠까. 내 옆의 이 평범한 남자가, 갑자기 돌변해서 나를 상처 입힐지도 모른다고.

낯선 여행지는 설레는 곳인 동시에, 두려움의 대상이었다. 항상 위험한 상황을 염두에 두어야 했다. 나는 여자라는 이유로 폭행의 위험, 그 이상으로 강간의 위험까지 생각해야 했다. 섹스가 아닌 폭력이 끔찍하게 두렵다. 내 힘으로 나를 지켜낼 수 없는 상황이 온다면, 나는 어떻게 해야 할까. 아마 아무것도 할 수 없을 것이다.

그런 위험을 알기에, 용기가 필요하다. 여행을 하려면 떠나야 하고, 두려워도 발을 내디뎌야 한다. 연애도 그랬다. 누군가를 사랑하기 위해서는 용기가 필요했다. 이 사람이 어떤 사람인지 모르는 상태에서 나는 한걸음, 더 나아갔다. 맨몸으로 부딪쳤다. 쉽게 상처 입을 수 있는 약하디약한 경계의 안쪽까지 내어주면서, 무방비한 상태가 된다. 겉으로 꽁꽁 싸매고 있던 나를 모두 내보인다. 숨겨왔던 모습과 부끄러운 표정까지도. 그것들은 그만큼 약하고 투명해서, 깨어지기 쉽다.

그럼에도 당신에게 그럴 수 있는 것은,
당신을 믿어보려는 마음 때문이다.

제발, 나를 상처 입히지 않기를, 나를 아껴주기를. 자신의 욕망에만 집중하여 내가 함께라는 사실을 잊지 않기를 바란다. 나를 다치고 울게 할, 나쁜 놈이 아니기를 바라며. 제발 그렇지 않기를 바라며 용기를 내어본다. 겪어보기 전엔 아무것도 알 수가 없음을 알기에. 너를 사랑하기 위해서 나는 용기를 내야 한다. 용기를 내지 않는다면 사랑도 할 수 없으니까.

너는 알까. 그런 위험을 감수하며 너를 받아들였다는 것을. 내가 상처 입을 가능성을 알면서도 너를 믿어보겠다고 결심했다는 것을. 나의 평화를 버리고, 나를 잠재적 위험 속에 몰아놓고, 두려움과 걱정을 가득 안아야만 나의 사랑이 시작된다는 것을.

나는 지금도 네가 무섭다. 하지만 동시에 너를 사랑하고 싶다. 꼭 안아주길. 내가 아프지 않게, 내가 상처받지 않게. 더 나아가 누군가에게 받은 상처를 네가 보듬어주기를. 그 누구보다 부드럽고 조심스러운 손길로 나를 쓰다듬어주기를 바란다. 그러고 나서야만 나는 완전히 마음을 놓고 편안한 마음으로 너를 더 깊이 안을 수 있을 테니까.

,

나를 행복하게 하는 것도 상처 줄 수 있는 것도
오직 너뿐이다.

/ 몸과 마음의 거리
/

입술을 물고 혀를 빨고, 귓불을 만지작거리던 그의 큰 손이 아래로 내려온다. 목덜미를 지난 손이 가슴을 세게 움켜쥔다. 브라보다 팬티가 먼저 벗겨졌다. 그가 내 등을, 허리를 어루만지느라 바쁠 때 나는 스스로 옷을 벗었다. 부끄러워하며 얼굴을 가리지 않고 똑바로 그의 눈을 바라본다. 신음 소리를 숨기지 않고 정확한 위치를 설명하기도 하면서, 같이 섹스를 한다. 그의 성기를 손으로 잡든, 내 성기를 그가 입으로 핥든, 섹스의 한 단계일 뿐. 더럽지도 야하지도 않은 애정의 행위. 그뿐.

서른한 살의 나는 어젯밤 온갖 야한 것들을 하고도, 아침이 되면 아무 일도 없었다는 듯 카페에 가 늘 쓰던 글을 쓴다. 이제 섹스라는 게 별일이 아니게 되었다. 이제는 익숙한, 비슷한 패턴의 행위. 살면서 필요한 요소 중 하나일 뿐이다.

스물한 살의 나는 섹스가 두려웠다. 아주 신중해야 할 어떤 의식 같았다. 경계선이 명확했고 단계가 있었다. 정말로 사랑하는지 확인한 후에야 손을 잡고, 포옹을 하고, 뽀뽀를 하고, 키스를 하고……. 몇 번을 반복한 후에야 섹스를 할 수 있었다. 마음을 확인한다는 것은 어떤 것이었을까? 섹스를 하고 나면 내게 관심이 없어질 거라는 우려? 남자들은 자고 나면 마음이 식는다는 세상의 조언? 여자가 쉽게 몸을 줘서는 안 된다는 사회의 시선? 나는 무엇 때문에 그런 관념을 가지고 행동한 것이었을까.

이제는 상관이 없다. 손을 잡든 포옹을 하든, 섹스가 먼저든 고백이 먼저든 중요하지 않다. 순서 따위는 상관이 없어졌다. 나와 잤기에 마음이 떠나고, 더이상 관심이 없어졌다고 한들 이제는 상처받지 않는다. 그 정도 연애는 나도 필요 없으니까. 그런 것에 휘둘리는 것은 시간 낭비다. 몇 명의 남자와, 헤아릴 수 없을 만큼 수많은 섹스. 결론은 그놈이 그놈이고, 그게 그거라는 거. 누구와 자든 누구를 사랑하든, 결국은 내 마음이라는 거. 몸과 마음을 나눌 사람은 널렸다. 세상엔 수많은 남자와 여자가 있고, 누굴 만나든 나의 연애일 뿐이다. 크게 다를 바 없는 사람과 사람의 일.

그런 담담함이 나를 무료하게 만들었다. 섹스가 무겁지 않고, 이젠 사랑이 무거워졌다. 누구와도 잘 수 있지만, 누구도 사랑할 수 없는 상태가 되어버렸다. 누구와도 연애할 수 있지만, 아무하고나 하고 싶지 않아졌다. 가벼운 만큼 쉽지 않아졌다. 자유로운 동시에, 얽매이는 상태가 되어버렸다.

어른의 연애는 수월할 줄 알았는데 아니었다. 나이를 먹을수록, 연애를 하면 할수록 더 복잡해진다. 연애할 수 있는 조건과 사랑하게 되는 이유가 다르다. 그렇게 되고 보니, 차라리 아무것도 모르던 시절이 그립기도 하다. 설렘에 잠 못 들던 밤, 스치기만 해도 심장이 터질 것만 같던 순간. 바라보기만 해도 얼굴이 붉어지던 어느 시절의 연애. 이젠 너무 멀리 와버렸다.

처음, 남자의 것이 내 안으로 들어왔을 때, 지독히 아프고 쓰리고 낯설기만 한 그 침대 위에서 그때의 연인이 나를 꼭 안아줬었다. 괜찮다고, 고맙다고, 사랑한다고. 그때 그런 사람을 만나서 다행이었다. 섹스라는 것이 이상한 것이, 무서운 것이, 나쁜 것이 아니라고 느낄 수 있었으니까. 그때는 몸과 마음의 거리가 같았다. 사랑이 같았다.

이제는 흐릿해진 첫 경험의 순간과, 익숙해지고 능숙해져버린 어젯밤 사이에 수많은 이야기들이 있다. 이제는 사랑이 잘 안 된다. 마음 깊이 사랑하기가 어렵다. 사랑 없는 연애가 반복된다. 만나고 헤어지는 게 허무해서, 차라리 혼자가 편하다는 생각을 했다. 하지만 어김없이 외로움이 찾아왔다. 새벽 한시가 되면 누군가의 온기가 필요했다. 연락하면 당장 달려올 남자들은 많았다. 하지만 아무에게도 연락하지 않는다. 귀찮아질 게 뻔하니까. 그렇게 혼자인 밤만이 쌓여갔다. 꿈에서라도 누군가를 안았으면 하지만, 꿈꿀 여유도 없이 깊은 잠에 든다. 오늘 하루도 무척 바쁘고 피곤했으니까.

바쁜 일상이, 끝나지 않는 고민들이 사랑을 뒤로 미루게 한다. 어른은 사랑만 생각하며 살 수 없다. 먹고살기가 쉽지 않다는 사실을 알아버렸다. 이제는 사랑보다 삶에 대한 책임이 어깨를 짓누르고, 해야 할 일들이 너무 많아졌다. 돈을 벌어야 한다. 일을 해야 한다. 잠을 잘 시간조차 부족하다. 연애할 돈도 시간도 없다는 말이 나올 수밖에 없다. 사랑에 목매어 흔들리다가 일상이 흐트러져서는 안 되니까. 외로움은 나태, 설렘은 사치. 사랑이 희귀해진 어른의 삶. 어른의 장래희망은 연애라던 말을 떠올린다. 섹스가 필수 '요소'가 되어버린 어른의 연애가 지겹다.

사랑을 가득 담은 섹스를 하고 싶다. 의무가 아닌 애틋함이 담긴 연락과, 거짓말이 아닌 진심을 담은 속삭임을 듣고 싶다. 눈을 감지 않고 똑바로 마주보고 싶다. 애정 어린 눈빛 아래에서 나는 가장 기분좋은 섹스를 할 수 있다. 나를 배 위에 올리고 내 허리를 잡은 그의 손이, 따뜻하고 부드러웠으면 좋겠다.

당신이 새빨갛게 달아오른 것을 보며, 내 얼굴도 분홍빛으로 번지면 좋겠다.

사랑이 필요하다. 우리의 섹스가 더욱 즐겁기 위해. 당신이 사정하고 나서도 내게 안겨 잠들도록. 이 밤이 끝나고 나서도 아침을 함께 보낼 수 있을 만큼. 지난밤보다 더 세게 손을 잡고, 한낮의 산책을 할 수 있는, 그런 사랑.

당신과는 무엇이 더 가까울까. 우리의 거리가 점점 가까워진다고 느낀 것은 몸이었을까 마음이었을까. 더이상 야하지도 자극적이지도 않은 익숙한 섹스를 하고 나서, 오히려 사랑을 느꼈다면 그건 나의 착각이었을까. 키스가 아닌 뽀뽀가 더 소중하다면, 우리는 어떤 연애를 해야 할까.

,

아프지 않게 되자

무뎌지는 게
슬프다는 사실을 알게 되었다.

/ 애틋하지 않은 건강한 연애

/

늘 생각한다. 건강하게 살고 싶다.

아프면 모든 것이 무너진다. 더 어릴 적에는 건강을 챙기는 법 따위, 생각하지 않았다. 대충 살았었다. 쓰러질 때까지 작업을 하고, 지칠 때까지 놀았다. 먹고 싶은 것만 먹고 자주 굶었다. 몸에 좋다는 뭔가를 챙겨먹은 적도 없었다. 아파도 병원에 가지 않고 최대한 참았다. 그때는 그 모든 것들이 어쩔 수 없다고 느꼈다. 힘든 일이 있으면 마냥 괴로워했다. 슬픈 일이 있으면 한계까지 슬퍼했다. 짝사랑이 미칠 듯 괴로워도, 그 마음을 놓지 않았다. 헤어지고 나서도, 나는 슬픔을 견뎌내는 방법으로 가능한 한 최대한 끝까지 슬퍼할 것을 택했다.

이제는 그러지 않는다. 슬픔도 고통도 피하려고 애쓴다. 조금이라도 몸이 아플 것 같은 기색이 들면 곧장 약을 먹는다. 짝사랑이 시작될 것 같으면 바로 마음을 접어버린다. 슬프고 힘들 때는 신나는 노래를 듣는다. 이제는 더이상, 슬픔을 겹겹이 보태는 노래를 듣거나 슬픈 영화를 보며 펑펑 우는 일 따위, 하고 싶지 않다. 울기보다 웃고 싶다. 아프기보다 강해지고 싶다. 건강은, 몸뿐만 아니라 마음도 중요하니까.

J에게 미묘한 아쉬움을 느꼈다. 그를 바라보고 있으면 담담하다. 그를 생각하면 그저 평화롭다. 친구에게 말했다.

"애틋하지가 않아."

시간의 문제일까? 1년, 2년…… 시간이 더 지나면 언젠가 사랑이 더 깊어지는 걸까? 친구는 내 이야기를 가만히 듣다가 말했다.

"아마, 그 사람과는 그럴 수 없을 거야. 뜨거운 연애를 하는 사람들은, 저마다의 결핍이 있는 사람들이야."

지난 연애가 그랬다. 그 사랑이 너무나 애틋했다. 그를 생각하면 가슴이 아려왔다. 떠올리면 공기가 찌르르 떨렸다. 바라보고 있으면 세상의 모든 것이 사라졌다. 엄마 아빠도, 친구도, 학교도, 직장도, 그 무엇도 필요 없었다. 오직 너만 있다면.

그때의 나는 그가 필요했다. 필요하다는 이야기는, 그만큼의 빈 공간이 존재한다는 것이다. 채워지지 않는 결핍. 그가 모든 시간과 모든 언어를 나에게 바쳐도 부족했다. 이제 와서 돌아보면, 그 또한 그랬다. 나의 결핍만큼 그의 결핍도 컸다. 함께 있으면, 빈 곳이 채워지는 것 같은 착각에 빠진 연애였다. 그런 착각으로 시간들을 채워봤지만 결국 바닥을 내비쳤을 때, 깨달았다. 아무것도 남지 않았음을.

J는 강한 사람이다. 스스로를 위해 매사에 최선을 다해 노력한다. 혼자인 시간을 충실히 보낼 줄 안다. 자신이 해야 하는 일이 있다면 흐트러지는 마음을 자제하고 성실하게 하루하루를 산다. 나는 사실, 그것이 신기하게만 느껴졌다. 그리고 못나게도, 서운한 마음을 느꼈다. 내가, 그에게 필요하지 않은 것은 아닐까. 나는 사실 만나고 싶다고, 보고 싶다고 징징거리고 싶었다. 하지만 그런 행동을 한다고 생각하니, 스스로가 철없고 바보같이 느껴졌다. 그런 마음을 꾹 참은 날들이 계속되다가, 친구에게 고민을 토로했던 것이었다. 친구가 다시 한번 말했다.

"그것이 바로 건강한 사람과의 건강한 연애가 아닐까?"

혼자인 시간을 견뎌내고 지금의 연인을 만났다. 그를 보면서 생각했다. 강해지고 싶다고. 나약한 마음을 기대기보다는, 스스로 일어서고 싶다고. 이전에는 나의 허전함을 상대가 채워주기만을 요구했었다. 마찬가지로 상대방도 나에게 그랬다. 그런 연애는 애틋했지만, 삶을 무너뜨렸다.

J는 스스로의 힘으로 자신의 삶을 채워나가는 사람이다. 외로움은 외로움 나름대로 견뎌낼 줄 알고, 노력하는 만큼의 하루하루를 쌓아가고 있다. 애초에 강했던 것이 아니라, 건강한 자신을 만들어내는 사람. 나는 그런 사람을 만나고 있다. 나도 그런 사람이고 싶다.

친구가 미소 지으며 말했다.

"그렇다고 그에게 네가 필요하지 않은 것은 아니야. 결핍이 없다고 해서, 꼭 행복한 건 아니니까. 혼자일 때 외롭지 않다고 해도, 함께해서 행복한 것이 더 좋은 거잖아. 그런 사람이 너를 사랑하면, 너도 그를 사랑하면 돼. 부족한 반쪽들이 만나서 하나가 될 수는 없어. 부족한 하나와 하나가 만나서 하나 이상의 존재가 되려고 노력하는 게 연애니까."

,

아주 오랫동안 그 자리에 앉아
기다렸지만
아무도 오지 않았다.

결국 혼자 걷기 시작했고
그제서야
저멀리에서 당신이 보이기 시작했다.

/ 1만 킬로미터의 거리에서도 당신 생각이 나요
/

애틋하지 않은 연애를 하면서 나는 자주 떠났다. 늘 먼 곳으로 갔다. 겨울에는 더운 곳으로. 하늘의 색마저 다른 낯선 곳으로. 인간이 아닌 동물들의 땅으로.

시간이 흐르지 않은 것처럼 그는 늘 여전한 모습으로 있었고 나는 돌아왔다. 거리와 시간이 무의미한 그런 사랑이 존재하는 것일까.

당신은 그런 사랑일까.

,

아프리카의 하늘을 보면서도
첫눈을 보면서도
〈라라랜드〉를 보면서도
사랑을 생각해요.

/ 사랑한다는 흔한 말
/

어느 날 갑자기 사랑한다고 말하고 싶어졌다. 그전날까지만 해도 아직 너를 잘 모르겠다는 생각에 무심했던 나였다. 진심인지 아닌지는 모른다. 정확한 깊이도 크기도 알 수 없다. 사랑한다는 말은 순간이고, 그 말을 하는 순간만 잠시 사랑하는 것일지도 모른다. 결국 사랑한다고 네게 말하지 않았다. 사랑한다는 말에는 큰 책임이 실려 있다. 입 밖에 내뱉는 순간, 감정의 무게와 결이 달라져서 나를 휘두르게 된다는 것을 경험했었다.

오른쪽 가슴 아래, 갈비뼈 어디쯤이 덜컥 아파온다. 그것은 결핍과도 같다. 사랑하기에 사랑받고 싶은 욕망. 욕망은 갈구할수록 외로움만이 더욱 강해질 뿐이다. 사랑인지 아닌지를 머리로 생각하기도 전에 몸은 이미 알고 있다. 내 어디쯤에서 느껴지는 그 감각을 모른 채 지내고 있었다는 것을 문득 깨달았을 때, 내가 사랑을 하고 있음을 알게 된다. 너를 사랑하고 있음을 깨닫는다.

아랫배부터 가슴 가운데까지, 간질간질하게 저려오다 목을 타고 끝까지 올라온다. 입안 가득히 고여 넘쳐나려는 순간, 혓바닥 아래로 꾹 눌러 참아낸다. 사랑한다는 말.

사랑한다고 말하면 너는 뭐라고 할까. 너를 사랑하며 오랫동안 함께하다가 결혼을 하고, 아이를 낳고, 같이 살고, 같이 늙어가면 어떨까 상상해본다는 것을 너는 알까. 그토록 흔해빠진 말인데, 노랫말에 수백 수천 번 반복되어 되뇌는 사랑이라는 단어일 뿐인데. 너와 함께 사랑 노래를 매일같이 들어도, 왜 정작 사랑한다는 말은 할 수 없을까. 예쁘다는 말, 보고 싶다는 말, 함께여서 행복하다는 말도 아니다. 아이 러브 유도 쥬뗌므도 떼아모도 다른 말이다. 사랑해, 라는 말만이 유일하다.

나는 아직 네게 그런 이야기를 할 수가 없다. 아직도 주춤하게 된다. 나라는 사람이 마음을 쉽게 열지 못하는 성격이라는 것을 나는 최근에 깨달았다. '전갈자리는 사랑에 조심스럽고 의심이 많고……'라는 이야기를 들을 때, 에이 전혀 아닌데 라고 생각한 때가 있었다. 우습게도 이젠 내가 전갈자리라서 그런가, 하고 있다. 간사하게도 네가 먼저 나에게 말해주기를 바라고 있다. 내가 하고 싶은 말을 듣고 싶다.

언제쯤 너에게 사랑한다 말할 수 있을까. 좋아하는 것과 사랑하는 것은 다르다. 사랑하지 않는 마음을 숨기기 위해 좋아한다고 말하기도 했고, 사랑하는 마음을 숨기려 좋아한다 말하기도 했다. 너를 사랑하고 있음을 깨닫기 전에 네가 나를 사랑함을 먼저 알았다면 좋았을 텐데. 한없이 소심하고 나약해지는 내 간사함에 흔한 사랑마저 허락받지 못하는 느낌이다.

서늘하고 하얀 나를 너는 천천히 안았다. 온도가 낮은 내 몸과 뜨거운 너의 몸이 중간 정도의 온도로 맞춰질 때쯤 살아 있다는 감각을 더 선명하게 느낄 수 있다. 눈을 질끈 감았다가 떴을 때, 흐릿한 시야 속에 선명한 너의 시선이 마주치는 순간에 손가락 발가락 끝이 저려온다. 숨소리가 잦아들어도 여전히 너는 나를 꼭 안고 있다. 나는 손톱으로 꼬집듯이 살짝살짝 살결을 스쳐, 땀으로 젖은 등을 훑었다. 이렇게 안고 있으면 끝까지 가까워진 것 같지만 더 가까워지고 싶은 욕심이 든다. 있는 힘껏 너를 끌어당겼다. 하지만 오히려 작은 내 몸이 단단한 그의 어깨에 파묻혀버릴 뿐이다. 많이 좋아해, 라고 말했다.

사실은 사랑한다는 말이었다.

/ 나의 리즈 시절은 지금이다 /

흔히들 리즈 시절이라 부르는 때가 있다. 나는 서른한 살, 지금이 그때라 생각한다. 나는 지금의 내가 제일 예쁘고 아름답다고 당당하게 말할 수 있다. 물론 피부가 투명하고, 세포가 탱탱하게 살아 숨쉬던 십몇 년 전이 생물학적으로 가장 예쁜 때라는 것은 안다. 하지만 그때의 나는 스스로를 매우 보잘것없고 초라한 사람이라고 느꼈다. 남들과 비교하며 나를 미워했다. 내가 뚱뚱해 보였고 못생겨 보였다. 더 날씬해지고 싶었고 더 예뻐지고 싶어서 안달이 났었다. 인기와 시선, 사람들과의 관계에 목을 매며 전전긍긍했다. 더 잘나 보이는 사람들에게 질투를 느꼈고 주눅이 들어 있었다. 나를 채찍질하며 신세를 한탄하기 바빴다. 사실은 얼마나 맑고 수줍은 시절이었는지도 모르고.

그런 시간들을 지나 여러 경험과 실패와 습득을 통해 나는 좀더 능숙해지고 차분해졌다. 이제는 살을 빼기 위해 막무가내로 굶거나 토해내지 않는다. 폭식하고 후회하며 절망하기보다는 달콤한 음식들이 얼마나 큰 축복인지를 찬양하며 즐길 줄 안다. 유행하는 머리색과 찰랑이는 긴 생머리보다 짧고 가벼운 커트머리가 나에게 더 자연스럽고 어울린다는 걸 안다. 조금 각진 턱을 수술해서 잘라내버리고 싶기보다는, 얼굴선을 드러내고 환히 웃는 것이 더 예쁘다 생각한다. 무턱대고 비싼 화장품을 덕지덕지 바르기보다는 나에게 잘 맞는 제품 한두 가지를 알고 있다. 물을 자주 마시고, 바람을 자주 쐬고, 좋은 음식을 먹는 게 피부에 더 좋다는 것을 알게 되었다. 운동이 살을 빼기 위해, 삐쩍 마르기 위해 억지로 하는 것이 아니라 마음을 다스리기 위한 것이며, 삶을 지속시키기 위한 것임을 깨달았다.

짧은 시간 반복해 하루하루 노력하고, 의지를 가지고 일상을 지켜나가는 것이 내일은 뭐라도 있겠지 기대하는 것보다 더 행복하다. 사랑도 그렇다. 진심을 감추느라 마음 졸이고, 누가 더 우위에 서 있는지를 따지며 자신을 숨기지 않는다. 조금 더 다가가 솔직한 대화를 하는 것이 좋은 사람을 만나는 방법임을 알았다. 나의 콤플렉스를 숨기려 하기보다는 나를 사랑스럽게 쓰다듬는 연인의 손길에 까르르 웃을 수 있다. 나의 매력을 자랑하듯 드러내는 것이 얼마나 달콤한 일인지, 이전엔 몰랐다.

나는 지금의 내가 너무나 사랑스럽다. 가끔 흐트러지고 무뎌진 못난 점들을 발견하기도 하지만 결국 잘 해결하고 다듬어 나갈 것임을 안다. 꽃을 피우지 않고도 향기가 나면 좋겠다. 향기를 멀리 퍼트리지 않아도 가까이 다가올수록 그 내음이 진해지면 좋겠다. 따뜻한 햇살과 부드러운 달빛을 받아 빛을 간직하고 있는 나무이고 싶다. 그 빛을 조심스럽게 꺼내어, 나를 안아주는 당신의 품속으로 건네고 싶다. 사랑하는 이가 나의 그러한 매력을 발견해주면 좋겠다. 그리고 당신 또한, 그런 사람이기를.

가끔 긴 거울 앞에 알몸으로 서서 나를 비추어본다. 통통한 뱃살도, 처진 가슴도, 늘어난 피부도 보인다. 곳곳에 지난 시간의 흉터들이 남았다. 갓 태어난 아기의 피부도 아니고 티브이나 영화에 나오는 미인의 몸매는 더더욱 아니다. 하지만 충분히 아름답다. 생생하고 반짝이는, 건강한 육체를 가지고 있다. 그 옆에 함께 선 당신 또한 그렇다. 당신의 몸이 말랐건 뚱뚱하건, 검건 희건 상관없다. 사랑하는 당신의 몸은 내게 이 세상 그 누구보다 아름다우니까. 우리는 어떤 것도 숨김없이 서로의 몸을 마주하고 끌어안는다. 따뜻하고 행복하다. 나는 환하게 웃고,

당신도 나를 보며 웃는다. 그 순간이, 이 세상에서 가장 아름답고 찬란한 한 시절이다.

늘 복작하던 거리가 한산하다. 자주 가던 밥집도 카페도 문을 닫았다. 밥을 먹을 수 있는 곳은 편의점뿐이다. 평소에는 가지도 않던 스타벅스에 가서 작업을 했다. 사람들은 모두 집으로 돌아갔다. 1년에 두어 번. 서울로 왔던 사람들이 서울을 떠나가는 며칠간의 연휴. 거리가 텅 비어 있다.

명절에 집에 내려가지 않게 된 게 언제부터였을까. 처음엔 돈이 없어서였다. 서울부터 부산까지 교통비만 10만 원. 오고가는 것만으로 10만 원을 쓰기엔 생활이 빠듯했다. 오고가는 데만 하루를 꼬박. 가는 길에 낯선 사람들 사이에서 느끼는 이질감이 싫기도 했다. 사실 그렇게라도 내려가서 편하고 즐겁기라도 했으면 모를까. 부산에 내려가봤자, 엄마 아빠뿐이다. 나는 그게 못내 쓸쓸했다.

어릴 때는 자주 친척들을 만났었다. 방학 때마다 이모네 집에 놀러갔다. 이모는 늙은호박을 반으로 갈라, 호박씨를 꺼내 커다란 냄비에 담아주었다. 이모가 속을 파고 밀가루를 부쳐 노란 호박전을 만드는 동안, 오빠들과 나는 티브이 앞에 앉아 호박씨를 야금야금 까먹었다. 그러다가 내가 꾸벅꾸벅 졸면 큰오빠가 나를 안고 큰방 침대에 눕히고 이불을 덮어주었다. 편안하고 아늑했다.

내가 중학교를 졸업할 때쯤부터 오빠들이 낯설어졌다. 오빠들은 나이를 먹고 결혼을 했고 아기를 낳았다. 지금의 나는 내 기억 속의 오빠들보다 더 나이를 먹었다. 우리 여동생, 하며 나를 아껴주던 오빠들은 낯선 아저씨가 되었고 이제는 특별한 일 없이 연락하기 어려운 사이가 되어버렸다.

아빠는 오래전에 형제들과 인연을 끊었다. 그놈의 돈이 무엇이길래, 어른들은 아이들 앞에서 삿대질을 하며 싸웠다. 그들의 자식들도 서로를 미워해야 했다. 큰아빠의 딸인 사촌언니와 인형놀이를 하던 때가 있었는데, 이제는 안부를 묻는 일조차 할 수 없는 완벽한 남남이 되어버렸다.

할머니마저 돌아가시고 나서부터는 모두가 더더욱 멀어졌다. 친척을 만나지 않고 셋이서 여행을 갔던 첫 명절이 나는 무슨 의미인 줄 몰랐었다. 그저 나는 친척들에게 용돈을 받을 수 없는 게 불만일 뿐이었다. 그런 명절은 몇 년간 계속되었고, 이제는 그게 당연해져버렸다. 용돈을 받는 게 아니라 용돈을 줘야 하는 나이가 되었지만, 그럴 동생들이 없다. 나에게 가족은 단 두 사람뿐이다.

3대, 4대가 모여 하하 호호 웃는 세상의 풍경들과는 달리, 우리 집은 늘 고요하다. 그 기분이 나는 무척 쓸쓸했다. 사실 내가 고향에 내려가지 않는 이유가 이것일지도 모른다. 나에게 가족이 달랑 두 사람뿐이라는 사실. 이 두 사람이 없으면, 이 세상에 아무도 없이 나 혼자 남게 된다는 사실을 깨닫는 것이 무섭다. 차라리 서울에서 혼자, 잘 지내는 척하는 것이 낫다. 아빠가 맛있는 거 사줄 테니 내려와라, 해도 나는 늘 일이 바쁘다고 핑계를 댔다. 두 사람에게 단 하나뿐인 공주님이, 맛있는 거 정도에는 혹하지 않는 귀엽지 않은 딸이 되어버렸다.

그렇지만 텅 빈 서울에 혼자 남겨져 있을 때, 외로운 것은 어쩔 수가 없다.

가족을 만들고 싶다는 생각을 한다. 서른이 넘어가면서 빈도가 잦아졌다. 결혼을 하고 아이를 낳고 싶다는 생각을 했다. 얼마 전에 난다 작가님의 책 『내가 태어날 때까지』를 보면서 많은 생각을 했다. 소소한 감동에 더해 부러움마저 느꼈다. 자신의 몸에서 나온 새 생명, 새 몸을 가진 아이의 손발, 반짝이는 눈을 들여다보면서 찡한 마음에 울어버렸다는 부분에 울컥했다. 아, 어떤 기분일까. 나도 그런 감정을 느껴보고 싶다. 우리 엄마도 나를 낳고 키우며 그런 생각을 했을까. 하지만 1년에 한두 번 얼굴 보기도 힘든 딸은 이토록 이기적이고 매몰찬데. 부모는 어째서 변함없이 걱정하고 이해하며, 한없이 사랑할 수 있는 것일까.

엄마도 나와 같은 여자였다. 아빠의 사랑을 듬뿍 받던 아름다운 여인이었다. 아빠도 그런 남자였다. 엄마에게 세상 그 누구보다 멋지고 든든하던 연인이었다. 두 사람은 그렇게 사랑했고 결혼을 했다. 평생 함께 서로를 위해 살아가기로 약속했다. 딸 하나를 낳았고, 그를 위해 긴 세월을 노동하고 노력했다.

세월이 많이 흘렀다. 자신의 모든 것을 바쳐 모든 사랑을 내어준 하나뿐인 딸내미는 혼자 살기 위해 그들의 품을 떠났다. 이제는 늙은 두 사람뿐이다. 지루하디지루하게 반복되는 밥상을 지나, 거실 소파에 앉아 말없이 티브이를 보는 두 사람은 어떤 생각을 할까. 지난 시간에 후회는 없을까. 여전히 서로를 사랑할까. 부부란 무엇일까. 엄마 아빠는 무슨 희망을 가지고 삶을 견디고 있는 걸까. 하나뿐인 딸도 멀어지고, 지난 시절을 함께한 가족과 친구들도 등을 돌렸다. 지난 시간만큼 앞으로의 길도 막막하기만 하다. 새로운 사랑과 뜨거운 젊음은 더이상 없다. 익숙한 만큼 서로에게 무심해졌다. 결코 평탄하지 못했던 두 사람의 시간을 가장 가까이서 지켜본 나로서는, 사실 결혼이라는 것이 두렵다. 때로 엄마는 바보같은 여자였고 아빠는 잔인한 남자였다. 그들의 사랑이 아름답지만은 않았다. 나는 엄마의 눈물을 다독이며 아빠를 미워하기도 했다. 두려웠다. 나도 엄마처럼 살게 되는 걸까. 나의 남자였던 남편이, 더이상 연인이 아니게 되는, 내가 당신의 여자가 아니게 되는. 그저 엄마로서 늙어가는 허무를 직면하게 될까. 나도 결국 그렇게 될까.

하지만 결국, 지금 두 사람은 둘만 남겨진 채로, 끝을 바라보며 마지막 생을 함께 보내고 있다. 부모님의 지난 세월을 안다. 힘들었던 시간들을 안다. 그때마다 아빠 곁에는 엄마가 있었고, 엄마에게는 아빠가 있었다. 열정적인 사랑은 아니었다. 하지만 두 사람은 혼자가 아니었기에 견뎌냈다. 서로가 있어서 그래도 죽지 않고 살 수 있었던 게 아니었을까. 젊은 날의 사랑은 오래전에 끝이 났지만, 두 사람은 또다른 사랑의 모습으로 손을 잡고 있다.

나는 그럴 수 있을까. 당신과 그런 삶을 함께할 수 있을까.

,

당신의 손을 맞잡고
얼굴을 마주보며
영원히 당신만을 아끼고 사랑하겠습니다,

라는 흔하고 뻔한 서약을 하고 싶다.
지켜질지 아닐지는 모르겠다.
살아보지 않으면 알 수 없다. 그 무엇도.

세상에서 가장 사랑하는 나의 두 사람
엄마 아빠의 삶을 나는 모른다.
나도 그들처럼 살아볼 수밖에.
나 또한, 나처럼 혼자인
누군가의 가족이 되고 싶다.

/ 떠나지 말아요
/

고양이가 죽었다. 내겐 모든 것이 처음이었고 모든 것이 소중했던 4년. 내가 세상의 모든 것이었던 그 작은 아이. 여백이가 내 곁을 영원히 떠나갔다.

나는 거실 바닥에 주저앉아 아무도 없는 빈자리를 바라봤다. 어쩔 수 없다는 것은 오래전부터 알고 있었다. 여백이는 태어나는 순간부터 아팠고, 살아 있다는 것이 기적이라 했었다. 언젠가는 심장이 견디질 못할 거라는 사실은 수십 번 들어 알고는 있었지만, 그렇다고 받아들일 수 있는 것은 아니었다. 사실 이미 지쳐 있었다. 여백이를 지키기 위해 내가 했던 많은 노력들이 삶을 망가뜨리고 있었고, 떠나고 난 후에는 더욱 무너졌다. 그간의 다짐이 허무할 만큼 허망하게 떠나버린 여백이를 그리워하며, 나는 아무것도 하지 못했다. 수많은 위로의 연락이 왔지만 괜찮다는 말을 할 수가 없었다. 너무 많이 울어서 눈물이 말라버린 것 같았다.

그때 당신이 나를 안아주었다. 당신이 내게 말했다. 괜찮다고, 너는 최선을 다했다고. 모든 마음을 다해 사랑했었다고. 이제 다 괜찮아질 거라고. 그렇게 말해주었다. 나는 당신의 품에 안겨 맘껏 울었다. 내가 울음을 그칠 때까지 당신은 나를 위로해주었다. 당신이 나를 일으켜세웠다. 아무도 없는 집에 온기를 채워주었다. 혼자 울면서 잠들지 않도록 곁에 있어주었다. 그렇게 나는 조금씩 웃을 수 있게 되었다.

하지만 어느 때부터, 당신 앞에서도 눈물을 보이지 않게 되었다. 여백이가 떠난 공허함은 상상 그 이상으로 큰 아픔이었고, 완전히 극복하기는 어려웠다. 하지만 애써 괜찮은 척했고, 도저히 견딜 수 없을 때는 혼자 조용히 눈물을 훔쳤다. 당신에게 더이상 나의 약한 모습을 보여줄 수가 없었다.

당신은 힘들 때 혼자 조용히 견뎌낸다는 것을 알아버렸기 때문에.

내가 힘들기 때문에 나에게는 힘들다 말하지 못한다는 것을, 알아버렸기 때문에.

무서웠다. 나로 인해 당신도 지쳐버릴까봐.

당신마저 나를 떠나버릴까봐.

,

그도 나처럼
약하디약한 사람임을
잊지 말아야 한다.

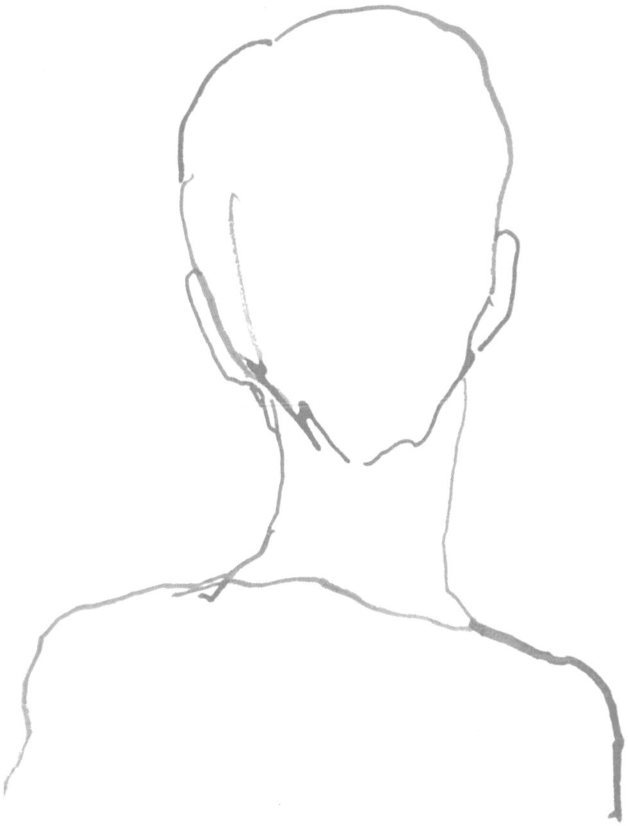

무명의 연애

당신과의 시간엔 아무런 이름이 없었다.
데이트도 이벤트도 없었다.
특별한 이름이 없는 무명의 연애였다.
밥을 먹고 차를 마시고 할 일을 하고 잠을 자는.
살기 위해 혼자 해야 하는 모든 것들을
두 사람이 같이 하는 것뿐이었다.

우리는 스무 살의 첫사랑이 아니었다.
보고 싶으면 달려가고
화가 나면 싸우고
미우면 울기도 하는
그런 감정의 동요는 사치였다.

우리는 서른 살이었다.
사는 게 바빴고 사는 건 온통 책임이었다.
돈을 벌어야 했고 일을 해야 했다.
연애마저 책임이고 싶지 않았다.
연애만큼은, 삶의 무게가 되지 않았으면 했다.

그리움도 애틋함도 머무를 곳이 없었다.
그저 같이 있다는, 우리가 연인이라는,
그 사실이 필요했고 그게 유일한 위로였다.
우리가 할 수 있는 건 그것 하나뿐이었다.
당신이 내게 바라는 것은 그것뿐이었다.
그래서 그뿐이었다.
내가 당신에게 바랄 수 있는 것 또한.

그래서 우리는
그저 담담하게
그저 조용히
상대를 바라보고
상대를 안아주고
상대를 다독이며
그렇게 함께였다.

그리고 우리는
좀더 멀리서
좀더 떨어져서
서로를 응원하고
서로의 필요가 되고
서로를 믿으며
그렇게 따로였다.

누구보다 가까운 사람이었지만
누구보다 멀었다.
서로에게 상처를 주기 싫어서
늘 조심스러웠고
우리의 말들은 늘 같았다.
괜찮아.
난 괜찮아.
괜찮을 거야.
괜찮을 거야.

,

격정 마.
격정하지 않아도 돼.
아무 일도 없단다.

사실은 내게 하는 말.

힘들어.
곁에 있어줘. 사라지지 마.
나랑 같이 있어. 떠나지 마.

당신에게 듣고 싶었던 말.

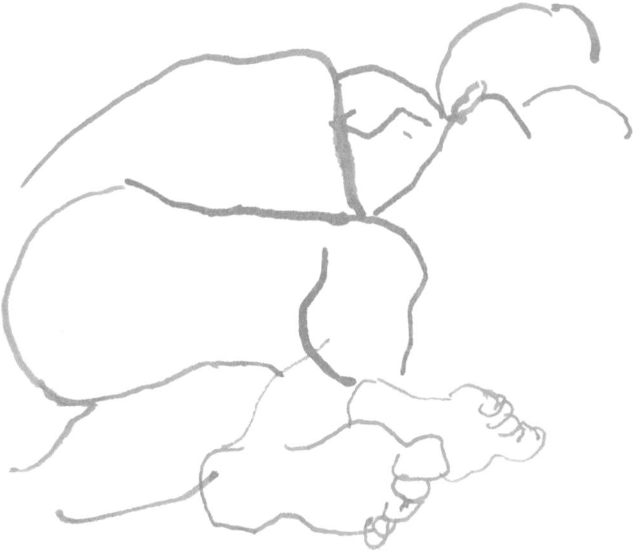

/ 내 삶에서 사랑을 빼면

/

내 삶에서 사랑을 빼놓고 무엇을 이야기할 수 있을까.

감정의 앞뒤 전후가 모두 사랑이라니 어쩜 이렇게 나약한 인간인가. 있을지 없을지도 모를 단 하나의 사랑을 찾기 위해 수많은 시간을 보냈다. 만나고 떠나고를 반복하는 똑같은 행태. 지쳐간다. 다른 사람들은 이미 찾았거나, 혹은 사랑 따위는 개의치 않는 듯이 살고 있다. 사랑 없이도 잘만 살고 있다. 그런데 나는 왜 이따위 사랑에 이렇게 빠져들어 목을 매는 것일까. 연애는 해도 해도 어렵고 그놈이 그놈이다. 남자를 모르겠다. 나도 여자지만 여자는 더 모르겠다. 나라는 사람을 모르겠다. 계속해서 사랑에 대한 것들을 보고 듣고 읽는다.

사랑은 그런 것이란다. 요구하지 않고 상대를 이해하기. 잘못을 해도 용서하기. 바뀌기를 바라지 않고 놓아두기. 내 사랑을 알아달라 억지부리지 말기. 사랑한다고 말하되 사랑한다는 말을 바라지 말기. 매일 더 사랑하려고 노력하기. 언제나 최선을 다하기.

모르겠다. 정말 그것이 사랑일까. 나의 마음을 숨기고, 상대에게 원하는 것이 없으며 이해해주지 않아도 괜찮아야 하는 걸까. 사랑한다는 말이 일방적이어도 사랑을 계속 이어나갈 수 있을까. 사랑이 두려워도, 흔들리지 않고 그 사랑을 믿어야 하는 걸까.

그것이 진짜 사랑이라면, 나는 차라리 진짜 사랑을 모른 채 계속 헛된 사랑만 하고 싶다. 거짓이라 해도, 나는 그런 사랑밖에는 할 수가 없다. 다른 두 사람이 만나서, 어긋난 부분들을 바꾸려고 노력했으면 한다. 서운한 것들에 대해 솔직하게 이야기하고 싶다. 미안하다는 말을 어렵지 않게 할 수 있으면 좋겠다. 잘못이 있을 것이고 실수도 할 것이다. 서툰 것들이 더 많을 것이다. 그런 것들로 때론 싸우고 울어도 괜찮다. 사랑이라면.

세상이 말하는 사랑이 아닌, 오직 당신에게서 사랑을 찾고 싶다. 사랑의 본질이 아닌, 오로지 나에 대한 당신의 사랑을. 내 삶에서 당신이 없어지면 안 되도록, 우리에게 사랑을 빼면 아무것도 남지 않도록.

,

덜 요구하고 더 이해하는 것
비난은 느리고 용서는 빠른 것
있는 그대로를 존중하는 것
자신의 마음을 알아주길 바라지 않는 것
불평을 떠벌리지 않는 것
진실한 마음으로 말하는 것
의심을 멈추는 것
매일 새로운 모습을 발견하는 것
사랑받고 싶다고 말하는 것
지금이 마지막 기회임을 아는 것

—「사랑」 인디언 주니족의 격언

/ 이 인생을 다시 한번 살아도
/

여기 가상의 세계가 있다. 사랑한다 깨닫는 순간, 신의 계시처럼, 그 사랑의 결말을 알게 된다.

운명은 정해져 있고
어떻게 하더라도 변하지 않는다.
그 사람은 네가 찾는 사람이 아니다.
그 사랑은 영원하지 않다.
결국은 끝이 난다.
언젠가의 네가 더욱 상처받고 울고 괴로운 때를 맞이할 것이니
그 사랑, 지금 여기서 멈추어라.

신이 내게 이렇게 말한다면.

나는 사랑을 그만둘 수 있을까.

신도 악마도 그 누구도, 내게 알려주지 않는다. 이 마음이 사랑인지 아닌지조차도 판단할 수 없다. 한 번의 싸움에도 헤어짐을 상상하고 한 번의 행복만으로 먼 미래를 꿈꾼다. 모든 것이 불투명한 지금의 이 현실은 너무나도 잔인하다. 내 운명도 내 사랑의 결과도 모든 게 나의 책임이다.

사랑이 너무 어렵다. 어떠한 이성적인 판단도 할 수가 없다. 하긴 내가 애초에 사랑의 본질에 대해 알고 있었다면 사랑이라는 걸 할 수 있기나 했을까. 당신과 내가 어떻게 될지, 사랑이 내 삶을 어떻게 휘두를지 한 치 앞도 모른 채 당신과의 시간을 계속 이어나간다.

하지만 아마 나는, 운명을 알고 운명이 정해져 있는 가상의 세상에서도 똑같았을 것 같다. 이 사랑이 파국을 맞이할 것을 뻔히 알면서도 머리와는 달리 마음이 따라주지 않아서, 사랑에 목매며 엉엉 울고 있겠지. 그게 나라는 사람이다.

사랑이 끝이 났을 때 과거로 돌아가 사랑을 고치고 싶었다.

싸우던 날 내가 조금 참을걸, 헤어지던 날 내가 미안하다고 할걸.

아니, 애초에 만나지도, 사랑하지도 말걸.

그렇게 내 삶을 뜯어고치고 싶었다.

하지만 몇 번을 반복해 그 후회를 겪고서도 또 사랑하고 있는 나를 보며 아, 나는 이 인생을 또 한번 살아도 똑같이 당신을 만나고 결국 당신을 사랑하겠구나, 그런 생각이 든다.

그것은 꽤나 절망적이어서 동시에 체념하게 된다. 내가 어찌할 수 있는 것이 아니구나. 내 사랑의 결과에 정해진 운명은 없지만 당신을 사랑하게 되는 마음만은 나의 운명이구나, 하고 받아들이게 된다.

사실 운명론을 믿지 않지만 사랑을 하는 것은 내 의지 밖의 일이어서 운명이라는 핑계를 댈 수밖에 없다. 어쩔 수 없이, 그렇게밖에 생각할 수가 없다.

,

이곳이 아닌 우주의 어느 별이든
사차원의 세상이든 21세기가 아닌 시대든
또는 다시 태어나 새로운 인생을 산다고 한들
내가 지금과 다를 것 같지는 않다.
이 빌어먹을 삶을 또다시 살아야 한다면
두 번 다시 사랑 따위 하지 않으리라,
그렇게 마음먹더라도
그것은 내 마음처럼 되는 일이 아니어서
나는 현생의 이 잔인한 시간들을 까맣게 잊어버리고
또 사랑하게 될 것이다.
분명 그럴 것이다.

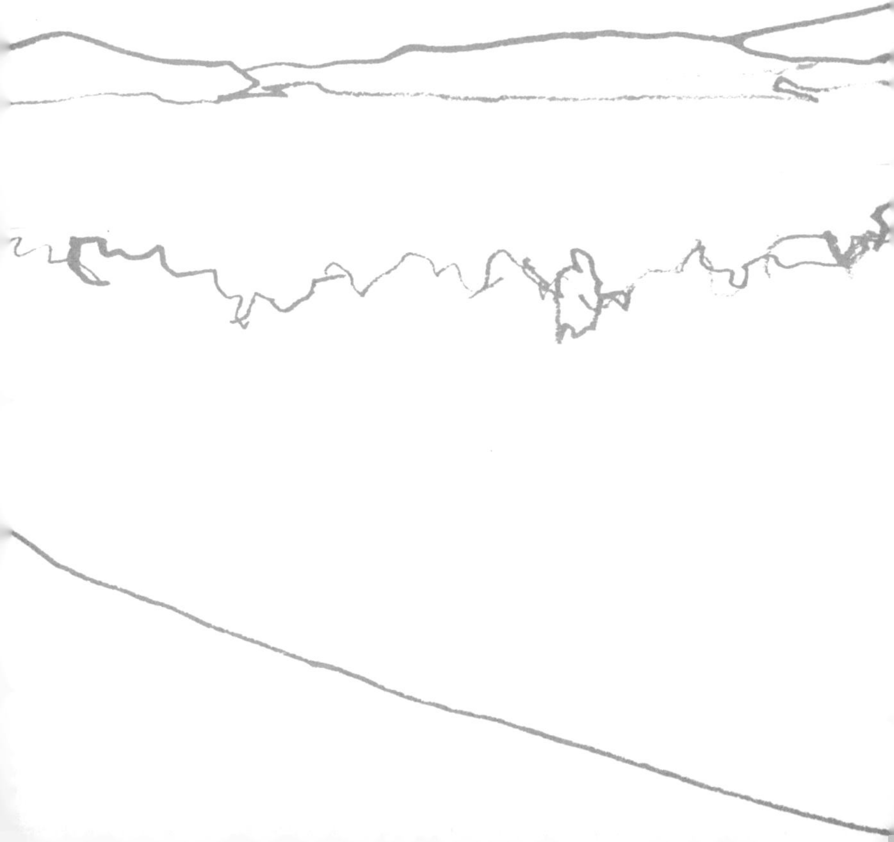

,

나는 사랑을 한다.
어떤 삶을 살아도
어떤 세상에 살아도,
어떻게든 너를 사랑한다.
그것이 내 몫이다.

/ 사랑하기 위해 헤어지자
/

행복한 꿈을 꾼 탓인지 일찍 잠에서 깼다.
오늘은 우리가 헤어지는 날.
당신을 위해 무엇을 할 수 있을까 생각했다.
핼쑥하던 당신의 얼굴을 떠올리며
따뜻한 밥 한끼 해주고 싶었다.
잡곡을 섞어 밥을 하고,
고기와 양파, 두부를 썰어넣고 된장국을 끓였다.
청소기를 돌리고, 설거지를 하고
당신이 갈아입을 옷을 곱게 개어두고
깨끗한 옷으로 갈아입고 머리를 매만졌다.
소파에 덩그러니 앉아 약속된 시간을 기다렸다.

네가 왔고 나는 평소와 다름없이
손 씻고 밥 먹자, 하며
웃는 얼굴로 당신을 맞이했다.
우리는 식탁에 앉아 밥을 먹었다.
맛있다고 했지만 사실 아무 맛도 느끼지 못했다.
밥그릇이 다 비워질 때쯤 내가 말했다.

당신을 사랑한다면 어떻게 해야 할까 생각했다고.
내가 지금 당신을 위해 해줄 수 있는 유일한 것은
헤어져주는 것이라고.

우리를 위해서는 어떻게 해야 할까 생각했다고.
당신을 여전히 사랑하지만
헤어지고 싶다고 말했다.

그리고 오늘은 우리 그냥,
아무 일 없는 것처럼
늘 그래왔던 것처럼
그냥 편안하고 따뜻하게
안고 자자.
그렇게 하고 헤어지자.

그렇게 말했다.

그래서 우리는 그날
미안하다는 말도 고맙다는 말도 없이
끝까지 껴안고 오랫동안 얼굴을 맞댄 채
그 어떤 때보다 깊게 사랑했다.

헤어지는 날의 당신은 여전했다.
나를 바라보는 그 눈빛과
나를 쓰다듬는 손길.
차마 하지 못하고 머뭇거리다
조용히 중얼거리던 그 사랑의 말들.
나는 그 모든 것을 진심으로 믿는다.

아마 그 누구도 이해하지 못할 것이다.
우리가 헤어진 이유도
우리가 헤어지는 방식도
우리가 나눈 긴 이야기도
우리가 사랑하는 마음도.

세상 사람들이 보기에

당신은 비겁했고, 나는 바보같았다.

하지만 우리는 그렇게 할 수밖에 없었다.
우리가 사랑하기 위해서는 그럴 수밖에 없었다.
헤어지지 않는다면 우리는 사랑하지 않게 될 거였으니까.
우리가 하는 사랑이니까
우리가 하고 싶은 대로 하기로 했다.

그리고 약속했다.
언젠가 너와 내가 고집과 욕심을 버리고
조금 더 현명해져서
사는 게 별거 없다는 걸 알 때쯤
혼자 버티는 것에 지쳐서
오늘을 떠올리게 된다면
그때 다시 만나자고.

아마도 그사이에
나약한 나는 금세 또다른 연애를 할 테고
너는 너대로 힘들고 아플 테지만
언젠가는 끝이 날 테니까.
사랑도 아픔도.

언젠가는 힘들지 않은 날이 올 거니까.
사랑만 생각하고 살 수 있는 때가 올 테니까.
그때는 우리, 서로를 위해 사랑하지 말고
스스로를 위해 사랑하자고.
그런 헛된 약속을 했다.

나는 그 무엇도 후회하지 않는다.
당신을 만난 것도
당신을 사랑한 것도
당신과 헤어진 것도.

좋게 헤어지는 건 없다고 생각했는데
이런 게 좋은 이별이었다.
사랑해서 헤어진다는 말은 거짓이라고 생각했는데
이런 사랑의 방식도 있었다.
처음 해보는 사랑이고
처음 해보는 이별이다.

그러니까 괜찮다.
사랑하니까, 헤어졌으니까.

,

당신을 사랑하기 위해
당신과 헤어졌다.

/ 애도의 노래
/

숲에서 사진을 찍고 돌아가는 길에 듣던

♪ *I don't know you, But I want you.*

집으로 바래다주던 낯선 오빠의 차에서 듣던

♪ 믿어선 안 될 말 널 언제나 사랑해.

짝사랑을 끝내지 못한 채 차이나타운에서 듣던

♪ 나는 당신을 사랑하는데 나는 사랑이 뭔지 모르나봐요.

이집트의 홍해를 바라보던 크리스마스 새벽

♪ 가끔 미치도록 네가 안고 싶어질 때가 있어.

제주의 게스트하우스에서 기타를 치며

♪ 차라도 한잔 좀 마셔요.

술 취한 밤 친구와 소리질러 부르던

♪ 사는 게 무거워 마신 술이 더 무거워

다시는 마시지 않겠다는 후회를 해본다.

끊이지 않는 연락을 주고받으며 듣던

♪ 이것은 아마도 사랑.

사랑이 있어 외롭지 않던 어느 희귀한 날

방에 누워 홀로 듣던

♪ 넌 내 모든 거야.

당신의 입술과 당신의 등을 세게 안고

함께 듣던

♪ 전화기를 꺼놔.

당신의 연락을 기다리던 밤

♪ 그대를 사랑한단 그 말을 왜 못하나. 원하는 그대 앞에서.

엄마 아빠가 아프던 그 여름
세상에 혼자 남겨졌던 그 밤
♪ 그대여 아무 걱정하지 말아요.

아픈 여백이를 안고 나를 위로했던
♪ 세상이 그렇단다.
별일 없이 길을 걸어가는 것 같아도
없단다 상처가 없는 사람.

살아 있는 것이 괴로워 들던
♪ 세상은 어떻게든 나를 화나게 하고
당연한 고독 속에 살게 해.

헤어지고 한 달이 지나
♪ 너도 알겠지만
널 사랑하지 않아.

버스 안에서 눈물을 참으며
♪ 울지 마.
네가 울면 아무것도 할 수가 없어.

그때의 기분과
그때의 나로
그때의 당신에게로 되돌아간다.

서른하나의 내가 스물한 살의 내가 된다.
노래에 각인된 그 수많은 이야기들.

왜 굳이 시간을 되돌려볼까.
모든 것은 지나버렸고
그 무엇도 다시 돌이킬 수 없는데.

오늘도 노래를 듣는다.
어떤 노래를 들을까.
어디로 돌아가볼까.
무엇을 떠올려볼까.

당신을 잊어볼까.
무슨 희망을 가져볼까.
어떤 사랑을 기다려볼까.
그런 마음으로.

나, 하나

/ 환상의 섬이 진짜 있나요?
/

이어도도 갈라파고스도 아닌, 환상의 섬이란 게 진짜 존재할까? 만물이 생생하게 살아 숨쉬고 모든 풍경이 아름답기 그지없는, 천국이라 느껴질 만한 그런 장소.

모두의 마음속에 환상의 섬 하나쯤이 있다. 내 환상의 섬은 사랑이다. 그 섬에 대해서 모두가 이야기한다. 어딜 가든 볼 수 있고 누구에게나 들을 수 있다. 그건 그렇다더라, 그건 그런 것이라더라. 내가 가봤는데 별것 아니더라는 말부터 세상에서 가장 아름답고 가치 있는 것이라는 말까지. 노랫말에도, 소설에서도, 시에서도, 티브이에서도 모두 사랑을 말한다. 모두가 하고 있고 모두가 말하지만, 눈으로 볼 수도 만질 수도 없다.

나도 내 섬을 찾아 수많은 섬에 들러보았다. 황량하고 거친 환경의 버려진 섬부터 감미로운 과일이 잔뜩 열린 따뜻한 섬까지. 나는 제각각의 매력을 가진 그 섬들을 사랑했다. 하지만 얼마 지나지 않아 떠나야 했다. 이 섬도 내가 찾던 곳이 아니다, 그렇게 수없이 실패하면서 계속 바다 위를 떠돌았다. 그런데 문득, 사실 그 섬은 없는 게 아닐까? 하는 생각이 들었다. 나는 이제까지 존재하지 않는 것을 찾아 헤매었는지도 모른다.

당신과 누웠던 그 작은 침대 위가 우리의 섬이었다. 사실 나는 그곳에 계속 머물고 싶었다. 꿈꿔오던 환상의 섬이 아니어도 상관없었다. 이제는 떠돌지 않고 머물러 살고 싶었다. 달콤한 과일을 맛보지 못해도 너의 목소리가 가장 달고, 햇살보다 너의 숨결이 더 따뜻했다. 너는 나를 꼭 끌어안아 찬바람을 막아주고, 가진 것들을 모아 배를 채워주었다. 당신의 숨결이 분명히 내게 닿았었고, 그 감촉은 진짜였다. 환상의 섬을 찾아 헤매다가 아무도 없는 외딴섬에 지쳐 쓰러진 내게 찾아온 건 당신이었을지도 모른다.

나는 다시 바다 위를 헤매고 있다.

/ 목마른 계절*
/

삶에 대한 기대감이 점점 줄어간다. 장래희망을 이야기하지 않게 된 것은 언제부터였을까. 꿈꿔온 것들은 이미 흐릿해졌다. 포기한 것이 아니라 현실의 냉혹함을 알았기 때문이다. 나 스스로를 알고 싶어서 발버둥치던 때와는 달리, 이제는 조금 알 것 같다며 끈을 놓아버렸다. 앞으로 내가 어떻게 살게 될지 대충 예상이 된다. 지금은 그것들을 차근차근 준비해나갈 뿐이다. 타성에 젖은 채 모든 것이 굳어져간다.

나는 이제 곧 서른세 살. 이십대로 돌아가고 싶지는 않다. 그때가 너무 힘들고 괴로웠으니까. 하지만 그때의 나에게서 받아올 수 있다면, 돌이킬 수 있다면, 그때의 내가 가졌던 서툰 것들만을 다시 가져오고 싶다. 두려움이 불러일으킨 큰 용기, 설렘이 가져온 무모함, 무지로부터 온 배움, 성장하는 기쁨. 그런 것들을 마지막으로 느껴본 적이 언제였을까. 머리 위로 쏟아지는 티베트의 은하수를 보며, 산티아고 길 끝에서 불타는 노을을 보며, 울었었다. 너무 아름다워서. 내가 살아 있다는 사실이 감동적이어서. 흰 종이를 가득 채우고 싶어 굳은살이 찢어질 때까지 그림을 그렸었다. 24시간 내내 당신만 생각했었다. 그림을 그리는 일에도, 살아가는 일에도, 사람을 만나는 일에도 순수했었다.

순수했기에 더럽혀졌다. 이제는 웬만한 풍경에는 감탄하기 어렵고, 나를 위한 그림도 그리지 않는다. 너무 많은 것들을 보고 경험했다. 그토록 간절하던 것들이 이제는 능숙해졌다. 때가 묻고 단단해져서, 더이상 하얗지도 말랑하지도 않다.

이제 어지간해서는 울지 않는 나를 보며, 차라리 세상이 무너질 듯이 소리질러 우는 게 낫겠다고 생각했다. 왜 이토록 냉담해진 걸까. 감정을 드러내지 못하는 것인지, 감정 자체가 사라져버린 건지 알 수 없다. 이젠 그것을 알려고조차 하지 않는다. 그런 뻔한 어른이 되어버렸다. 길을 걸어도 걸어도 보이는 것은 나의 발등뿐. 뒤에 남은 발자국을 돌아보려니 사람들이 앞다투어 달려온다. 내 앞에 펼쳐진 도시의 풍경은 삭막하기 그지없다. 흙이 아닌 아스팔트 길 위에서 두터운 운동화에 피신한 채, 어깨를 부딪치지 않고 사람들 사이사이를 빠르게 헤친다. 달리지 않아도 이제는 빠르게 걸을 수 있고, 어느 골목에 어떤 풍경이 있는지를 모두 아니까. 늘 다니던 길에는 우연이 없다. 익숙함뿐.

나는 목마른 계절을 맞이했다. 겨울바람이 무척 춥다. 유리창 하나를 경계로 이곳은 따뜻하다. 나는 익숙한 장소에 앉아 늘 비슷한 글을 쓴다. 새로 생긴 카페에도 가지 않고 늘 따뜻한 커피만 마신다. 전혜린 작가님의 책을 다시 폈다. 내가 밑줄을 그어놓은 문장에 다시 시선이 멈춘다. 당신 또한 그랬구나. 모두가 그렇구나. 안심이 된다. 바깥의 추위를 견뎌낼 자신이 없다. 이대로 멈춰 있고 싶다.

* 전혜린 수필집 제목

/ 늘 그렇게
/

나는 늘 사랑만을 원했다.

그 무엇보다 나는 사랑이 먼저였다. 평생 사랑할 단 한 사람만을 달라고, 그것만 있으면 된다고 그렇게 원하고 바랐는데 그게 그렇게 어려운 것인 줄은 몰랐다.

나는 늘 사랑에 진지했다.

사람을 사랑하는 일이었기에 그랬다. 내가 사랑하는 사람만큼은 행복했으면 했다. 그래야 나도 행복할 거라고 믿었으니까.

나는 늘 기다려야 했고 늘 받아들여야 했다. 괜찮다고, 나는 괜찮다고 그렇게 말해왔다. 하지만 결국 괜찮지 않은 건 나였다.

사랑을 믿었기에 그렇게 해왔었다. 하지만 그게 잘못된 것이었을지도 모른다는 생각이 든다.

상처가 겹겹이 쌓여 지칠 대로 지쳤던 어느 날, 나는 바보같이 한 번만 더 믿어보겠다며 연애를 시작했었다. 외모도, 직업도, 그 어떤 조건도 상관없었다. 그냥 그 마음이 좋았다. 이렇게 살고 싶고, 그렇게 사랑하고 싶다던. 그래서 내게 그런 것을 주겠다던. 자신이 마지막이었으면 좋겠다던.

그 거짓말을 믿기로 했다. 마지막으로 한 번만 더 속아주고 싶었다. 그 마음만큼은 나와 똑같다고 생각했으니까.

더이상 외롭지 않기 위해서.

더이상 누군가를 찾지 않기 위해서.

더이상은, 혼자 힘들어 하지 않기 위해서.

다시 사랑해보기로 했다.

하지만 결국 똑같은 건 마음이 아니라 결과뿐이었다.

나는 또 기다리고, 기다리고, 기다려야 했다. 사랑을 또 한번 믿기로 한 이유로 나는 다시 괴롭고 아팠다. 당신은 아마도, 나만큼 외로운 것은 아니었나보다.

나는 사랑하는 사람에게 위안이 되는 사람이고 싶었는데 내가 그럴 만한 그릇이 못 되는 연인이었을까, 늘.

나는 외롭지 않으려고 연애를 했는데 왜 연애로 인해 더욱 외로워지는 것일까, 늘.

나는 늘 누군가를 사랑했었다.

그래서 늘 아팠다. 사랑 때문에. 행복한 시간보다 고통스러운 시간이 더 길었다. 늘 어렵고, 늘 똑같다. 사랑받고 싶었을 뿐이다. 사랑하고 싶었을 뿐이다.

상처받을까 두려워하지 않고, 온전한 믿음을 가지고 최선을 다해서 단 한 사람에게 나의 모든 사랑을 주고 싶은데 그 누구에게도 그럴 수가 없다.

나는 늘 혼자여서 늘 유혹에 지고,
또 사랑에 빠지고
또 사랑에 힘들어 하며
사랑을 지워간다.

결코 미워할 수 없는 단 한 사람, 나를 자책하며.

/ 내 꿈은 평범하게 사랑하는 것
/

내 꿈은 평범해지는 것.

냉장고에 얼려둔 한줌의 밥이 아니라, 밥솥에 갓 지은 밥을 퍼서 두 그릇을 담고 몇 가지 반찬을 꺼내어서 따듯한 계란프라이 두 개를 올려 먹는 것.

카페에서 라테와 아메리카노를 시켜서 나누어 마시는 것.

더운 날, 하나도 시원하지 않은 손부채질을 해주는 것.

비가 오는 날 우산 하나를 나누어 쓰고 서로의 양쪽 어깨가 비에 젖는 것.

별것 아닌 이야기로 깔깔 웃으며 서로의 볼을 꼬집을 수 있는 편안함이 당연한 것.

부스스한 얼굴, 편안한 티셔츠에 반바지. 그렇게 당신의 손을 잡고 걷는 산책길, 강아지에게 시선을 빼앗기는 저녁이 있는 것.

차를 타고 한강을 달리며 좋아하는 노래를 흥얼거리면, 나의 목소리가 당신에게만 들리는 것.

뱃살 따위는 신경쓰지 않고 닭다리를 같이 뜯어먹으며 티브이를 보는 늦은 밤, 시원한 맥주를 들이켜며 구수한 감탄사를 내뱉을 수 있는 것.

더이상 집이 고요하지 않은 것.

언제나 누군가가 있는 것.

둘이 눕기에는 좁은 침대에 함께 쪼그리고 누워 자는 것.

당신의 숨소리에 내 숨소리를 한 숨 한 숨 맞춰보면서, 내 귓가에 당신의 맥박이 뛰고, 내 심장이 뛰는 것을 느끼면서 잠드는 것.

더이상 혼자 잠들지 않는 것.

더이상 누군가를 찾지 않는 것.

당신이 등뒤로 꽃 한 다발을 숨기고 내게 오는 것.

꽃을 들고 오는 길에 나의 기쁜 얼굴을 떠올렸을 당신의 시간이 너무 고마워서, 세상에서 가장 행복해지는 것.

특별한 첫사랑이 아닌 것.
이미 다른 누군가와 행복한 사랑을 했고 힘겨운 이별을 겪고 나에게 오는 것.
그랬기에 지금의 우리가 소중함을 아는 것.
내게도 당신이 첫사랑이 아닌 것.
우리에게는 이별이 없는 것.

우리가 나눈 대화가 사라지는 것들이라고 해도 당신이 내게 써준 편지에 담긴 당신의 말은 미처 내뱉지 못했던 진심인 것.
그 말들이 영원히 종이 위에 남는 것.

평범한 사랑인 것.
영화나 소설 속에 나오는 주인공들처럼 어쩔 수 없이 헤어지거나 어긋나는 일 없이 늘 당신과 내가 겹쳐지는 것.
우리가 계속 함께인 것.
우리의 시간이 아주 평범하기 그지없는 것.

더이상 사랑을 찾아 헤매지 않는 것.
더이상 당신과 헤어지지 않는 것.
내 꿈은 당신과 사랑하는 것.

,

내 꿈은 당신과 나태하게 사는 것
더이상 치열하지 않아도 괜찮은 것
그저 내 키만한 소파에 서로 기대어 앉아
과자나 까먹으며 티브이 속 연예인에게 깔깔댈 수 있는 것

그냥 매일 손잡고 걸을 수 있는 여유로운 저녁이 있는 것
지친 하루의 끝마다 돌아와 꼭 함께하는 것
잠시 마주앉아 서로 이야길 들어줄 수 있는 것

네가 늘 있는 것

내 꿈은 당신과 나태하게 사는 것
당신과 남은 생을 사는 것

— 슈, 〈내 꿈은 당신과 나태하게 사는 것〉

/ 떠나고 돌아오고, 또 떠나겠지
/

두려움과 의문이 들면 여행을 떠났다. 점점 차가워지는 공기가 미울 만큼 찬란하던 지난여름, 그런 여름뿐인 나라로 갔다. 낯선 사람들의 미소와, 푸른 바다와, 파란 하늘과, 새하얀 침구와, 고운 모래가 묻은 샌들을 바라보면서 나는 두고 온 것들에 대해 생각했다. 내가 잘못한 것은 아니었을까, 정말 옳은 선택이었을까. 하지만 이제 와서 어떤 이유를 붙여도, 그 무엇도 소용이 없다. 그저 내버려두기로 한다. 그냥 믿기로 마음먹은 나만의 다짐들에 대해.

하루가 일곱 번 반복되고, 하나의 밤이 침대 위로 여섯 번 흘러갔다. 조식으로 준비된 빵과 커피가 다섯 번, 저녁식사로 쓴 접시가 일곱 개, 내가 쓴 수건은 열두 장, 나를 스쳐간 고양이

세 마리와 바다거북 일곱 마리. 발아래에서 모래가 수천 번 뒹굴고, 몸 위로 파도가 부서졌다. 풍경은 기억으로 저장되는 순간 수십 조각으로 갈라졌다. 그래서인지 매분 매초가 빠른 속도로 흘러갔다. 정말 눈 깜짝할 사이에 여행이 끝났다고 느낄 만큼.

여행하기 위해 준비하고 기다린 시간과 달리, 여행은 찰나였다. 인생의 특별한 시간은 깨고 나면 흐릿해지는 꿈과 비슷하다. 이번에 깨달았다. 지난날, 나에게 여행은 평생의 꿈이고 행복이었다. 하지만 이제 내게 여행은, 삶의 많은 것을 견뎌내야 할 나의 생명을, 힘을 재확인하는 것이었다. 돈을 쓰고, 시간을 내고, 일을 그만두고, 집을 떠나면서까지 여행을 떠나는 이유는 사진도 기념품도 추억도 아닌, 이 평범하고 지루한 삶 속에서 아주 찰나라도 환희를 느끼는 감정이 아직 살아 있음을 찾을 수 있기 때문이었다. 이해할 수 없는 수많은 현실 속에서 지쳐갈수록, 여전히 건강하고, 즐겁고, 행복할 수 있는 나를 확인하는 것이 필요했기에.

사랑도 같았다. 나는 삶이 힘들 때마다 사랑을 꿈꿨다. 그리고 연애를 했다. 그리고 연애는 여행과 마찬가지로 늘 끝이 있었다. 지난 연애를 돌아보면, 그것은 그 무엇도 아닌 동시에 모든 것이었다. 내가 살아갈 수 있는 원동력이자 희망이었다.

여행이 끝나고 사랑도 끝났다. 하지만 이번엔 끝이 아니라 제 자리로 돌아가는 기분이다. 나의 자리는 그곳이다. 내가 지켜야 할 나의 작은 세계. 사랑도 꿈도 없는 나의 공간. 혼자 잠을 자고, 무의미한 청소를 하고, 마른빨래를 개고 난 뒤, 거실에 덩그러니 앉아 죽은 여백이를 그리워하거나 담배를 피우고 양초에 불을 붙이는, 글을 쓰고 그림을 그리는 열 평 남짓한 나의 공간들. 그 누구에게도 보여주지 못할, 그 무엇으로도 기록할 수 없는 시간들. 특별한 이야기 그 뒤편에 늘 존재하는, 텅 빈 이야기 속으로 들어가야 한다. 그곳은 무척 춥겠지. 집에 들어서면 보일러를 켜고, 이불 속으로 들어가 여행에서 못 다 읽은 소설 『네가 누구든 얼마나 외롭든』을 마저 읽고 잠들고 싶다. 여섯 번의 밤마다 아무 걱정 없이 잠들었던, 가볍고 바삭거리는 호텔 침대의 감촉을 떠올리며. 그리고 또다시 누군가 내 옆에 누워 잠드는 날을 기다리며.

/ 어느 날의 꿈

/

침실을 가득 메운 커튼의 포물선을 고이 접어두고
창밖으로 휘날리는 수건을 걷고
바람에 수염이 흔들리는 고양이 옆에서 찬물로 세수를 했다.
화분 다섯 개를 모아 창가에서 아침 인사를 했다.
안녕 잘 잤니,
살랑살랑 잎사귀가 흔들린다.

오래된 아파트에서는 바람이 원을 그리며 돈다.
바깥은 여름, 자전거의 페달을 밟고 앞으로 내디딘다.
멈추어 있던 풍경이 빠르게 움직이고
나무들이 춤을 춘다. 구름들이 흩어진다.
바람이 불어온다.

바람이 만들어내는 아름다운 것들.
커튼의 자유와 나무의 춤과
흩어지고 모이는 구름의 틈새,
그걸 바라보는 고양이의 반달눈.
흩날리는 당신의 머리카락.
그 사이로 보이는 당신의 눈웃음.

가슴을 관통하는 기억.

눈을 뜨고 흐르는 눈물을 닦고
한참을 누워 있는 내 위로
어김없이
시간이 흘러간다.

이제, 일어나야 할 시간이야.

,
사랑아,
멈추지 말아다오.

하루살이

매일 아침 일곱시 사십분부터 카페에 나가 글을 썼다. 아침 여섯시 반에 일찍 일어나기가 너무 힘들었다. 하지만 일어났다. 그렇게 매일매일 일어나는데도 매번 힘들었다.

눈을 뜰 때마다 그만두고 싶었다. 그냥 다 포기하고 자버리고 싶었다. 하지만 일어나야 했고 일어나서 해야 할 일들을 해나갔다.

뮤즈가 찾아오기만을 기다렸던 새벽과는 달리 뮤즈는 약속을 지킨 나에게 매일 아침 어김없이 찾아왔다. 매일 다섯 시간씩 글을 썼다. 매일 똑같은 시간 똑같은 자리에서 한 글자씩 한 줄씩 글을 썼더니 이만오천 단어가 넘었고 한 권의 이야기가 되었다.

그림을 그리든 글을 쓰든 완성과 결과만을 상상하게 되지만 내게 주어지는 건 커다란 백지에 채워야 할 수많은 점과 선이었다. 그 과정 속에서 깨닫는다. 내가 할 수 있는 건 고작 딱 하나씩이구나, 라고.

지름길은 없었다. 한순간에 변화하는 세상도 없었다.

변화는 아주 작고 느린, 파도에 돌이 깎이는, 그 정도의 속도.

종종 아무것도 해낸 것이 없는 것만 같지만 믿어야 한다. 아주 조금씩 다듬어지고 있음을.

해야만 한다. 무엇이든 지금 내 앞에 있는 것을.

이런 날들을 얼마나 유지할 수 있을까. 한 달, 1년, 10년을 목표로? 그렇게 생각하면 오히려 할 수 없게 된다. 긴 시간이 막막해서 더욱 피로해지고 약속을 지키지 못한 단 하루만으로 후회와 자책을 하게 된다.

멀리 보되, 멀리 보지 않아야 한다. 한 글자를, 한 시간을, 하루를 봐야 한다.

지치지 않도록, 지켜낼 수 있도록.

사랑도 그럴 수 있을까. 몇 년의 연애를, 영원한 반려를 꿈꾸지 않고 오늘의 당신을, 우리의 순간만을 생각하며 처음이자 마지막인 것처럼 사랑할 수 있을까.

10년이 넘는 시간 동안 나는 여러 번의 연애를 했고 수백 번 사랑에 웃고 울었다.

때론 지쳐서 모두 그만두고 싶었지만 결국 그럴 수 없었다. 이제는 알 것 같다. 그때는 그럴 수밖에 없었음을. 나는 사랑할 수밖에 없음을. 어떤 순간을 후회하는 동시에 후회의 시간에 감사하며, 지금까지 왔다.

이 책을 쓰는 동안에도 한 사람을 만나고 한 사람이 떠나갔다. 연애도, 나의 연애 이야기도 끝났지만 나는 여전히 이 자리에 앉아 글을 쓴다.

나는 또다시 혼자이지만
아주 행복하다.

베개는 필요 없어,
네가 있으니까

1판 1쇄 발행 2018년 3월 22일
1판 2쇄 발행 2018년 4월 23일

글·그림 봉현

편집장 김지향
책임편집 박선주
편집 김지향 이희숙
모니터링 이희연
디자인 최정윤
마케팅 최향모 강혜연
홍보 김희숙 김상만 이천희
제작 강신은 김동욱 임현식

펴낸이 이병률
펴낸곳 달 출판사
출판등록 2009년 5월 26일 제406-2009-000034호
주소 10881 경기도 파주시 회동길 210

dal@munhak.com
dalpublishers

전화번호 031-955-1908(편집) 031-955-1935(마케팅)
팩스 031-955-8855

ISBN 979-11-5816-077-7 03810

· 이 도서의 국립중앙도서관 출판시도서목록(CIP)은 서지정보유통지원시스템 홈페이지(http://seoji.nl.go.kr)와 국가자료공동목록시스템(http://www.nl.go.kr/kolisnet)에서 이용하실 수 있습니다. (CIP제어번호 : CIP2018007556)